HÉSIODE ÉDITIONS

BALZAC

Albert Savarus

Hésiode éditions

© Hésiode éditions.

1 rue Honoré - 93500 Pantin.
ISBN 978-2-38512-108-2
Dépôt légal : Novembre 2022

Impression Books on Demand GmbH

In de Tarpen 42
22848 Norderstedt, Allemagne

Albert Savarus

Un des quelques salons où se produisait l'archevêque de Besançon sous la Restauration, et celui qu'il affectionnait était celui de madame la baronne de Watteville. Un mot sur cette dame, le personnage féminin le plus considérable peut-être de Besançon.

Monsieur de Watteville, petit-neveu du fameux Watteville, le plus heureux et le plus illustre des meurtriers et des renégats dont les aventures extraordinaires sont beaucoup trop historiques pour être racontées, était aussi tranquille que son grand-oncle fut turbulent. Après avoir vécu dans la Comté comme un cloporte dans la fente d'une boiserie, il avait épousé l'héritière de la célèbre famille de Rupt. Mademoiselle de Rupt réunit vingt mille francs de rentes en terre aux dix mille francs de rentes en biens-fonds du baron de Watteville. L'écusson du gentilhomme suisse, les Watteville sont de Suisse, fut mis en abîme sur le vieil écusson des de Rupt. Ce mariage, décidé depuis 1802, se fit en 1815, après la seconde restauration. Trois ans après la naissance d'une fille qui fut nommée Philomène, tous les grands parents de madame de Watteville étaient morts et leurs successions liquidées. On vendit alors la maison de monsieur de Watteville pour s'établir rue de la Préfecture, dans le bel hôtel de Rupt dont le vaste jardin s'étend vers la rue du Perron. Madame de Watteville, jeune fille dévote, fut encore plus dévote après son mariage. Elle est une des reines de la sainte confrérie qui donne à la haute société de Besançon un air sombre et des façons prudes en harmonie avec le caractère de cette ville. De là le nom de Philomène imposé à sa fille, née en 1817, au moment où le culte de cette sainte ou de ce saint, car dans les commencements on ne savait à quel sexe appartenait ce squelette, devenait une sorte de folie religieuse en Italie, et un étendard pour l'Ordre des Jésuites.

Monsieur le baron de Watteville, homme sec, maigre et sans esprit, paraissait usé, sans qu'on pût savoir à quoi, car il jouissait d'une ignorance crasse ; mais comme sa femme était d'un blond ardent et d'une nature sèche devenue proverbiale (on dit encore pointue comme madame de Watteville), quelques plaisants de la magistrature prétendaient que le baron s'était usé contre cette roche. Rupt vient évidemment de rupes. Les savants observateurs de la nature sociale ne manqueront pas de remarquer que Philomène fut l'unique fruit du mariage des Watteville et des Rupt.

Monsieur de Watteville passait sa vie dans un riche atelier de tourneur, il tournait ! Comme complément à cette existence, il s'était donné la fantaisie des collections. Pour les médecins philosophes adonnés à l'étude de la folie, cette tendance à collectionner est un premier degré d'aliénation mentale, quand elle se porte sur les petites choses. Le baron de Watteville amassait les coquillages, les insectes et les fragments géologiques du territoire de Besançon. Quelques contradicteurs, des femmes surtout, disaient de monsieur de Watteville : – Il a une belle âme ! il a vu, dès le début de son mariage, qu'il ne l'emporterait pas sur sa femme, il s'est alors jeté dans une occupation mécanique et dans la bonne chère.

L'hôtel de Rupt ne manquait pas d'une certaine splendeur digne de celle de Louis XIV, et se ressentait de la noblesse des deux familles, confondues en 1815. Il y brillait un vieux luxe qui ne se savait pas de mode. Les lustres de vieux cristaux taillés en forme de feuilles, les lampasses, les damas, les tapis, les meubles dorés, tout était en harmonie avec les vieilles livrées et les vieux domestiques. Quoique servie dans une noire argenterie de famille, autour d'un surtout en glace orné de porcelaines de Saxe, la chère y était exquise. Les vins choisis par monsieur de Watteville, qui, pour occuper sa vie et y mettre de la diversité, s'était fait son propre sommelier, jouissaient d'une sorte de célébrité départementale. La fortune de madame de Watteville était considérable, car celle de son mari, qui consistait dans la terre des Rouxey valant environ dix mille livres de rente, ne s'augmenta d'aucun héritage. Il est inutile de faire observer que la liaison très-intime de madame de Watteville avec l'archevêque avait impatronisé chez elle les trois ou quatre abbés remarquables et spirituels de l'archevêché qui ne haïssaient point la table.

Dans un dîner d'apparat, rendu pour je ne sais quelle noce au commencement du mois de septembre 1834, au moment où les femmes étaient rangées en cercle devant la cheminée du salon et les hommes en groupes aux croisées, il se fit une acclamation à la vue de monsieur l'abbé de Grancey, qu'on annonça.

— Eh bien ! le procès ? lui cria-t-on.

— Gagné ! répondit le vicaire-général. L'arrêt de la Cour, de laquelle nous désespérions, vous savez pourquoi…

Ceci était une allusion à la composition de la Cour royale depuis 1830. Les légitimistes avaient presque tous donné leur démission.

— … L'arrêt vient de nous donner gain de cause sur tous les points, et réforme le jugement de première instance.

— Tout le monde vous croyait perdus.

— Et nous l'étions sans moi. J'ai dit à notre avocat de s'en aller à Paris, et j'ai pu prendre, au moment de la bataille, un nouvel avocat à qui nous devons le gain du procès, un homme extraordinaire…

— À Besançon ? dit naïvement monsieur de Watteville.

— À Besançon, répondit l'abbé de Grancey.

— Ah ! oui, Savaron, dit un beau jeune homme assis près de la baronne et nommé de Soulas.

— Il a passé cinq à six nuits, il a dévoré les liasses, les dossiers ; il a eu sept à huit conférences de plusieurs heures avec moi, reprit monsieur de Grancey qui reparaissait à l'hôtel de Rupt pour la première fois depuis vingt jours. Enfin, monsieur Savaron vient de battre complétement le célèbre avocat que nos adversaires étaient allés chercher à Paris. Ce jeune homme a été merveilleux, au dire des Conseillers. Ainsi, le Chapitre est deux fois vainqueur : il a vaincu en Droit, puis en Politique il a vaincu le libéralisme dans la personne du défenseur de notre hôtel de ville. « Nos adversaires, a dit notre avocat, ne doivent pas s'attendre à trouver partout de la complaisance pour ruiner les archevêchés... » Le président a été forcé de faire faire silence. Tous les Bisontins ont applaudi. Ainsi la propriété des bâtiments de l'ancien couvent reste au Chapitre de la cathédrale de Besançon. Monsieur Savaron a d'ailleurs invité son confrère de Paris à dîner au sortir du palais. En acceptant, celui-ci lui a dit : « À tout vainqueur tout honneur ! » et l'a félicité sans rancune sur son triomphe.

– Où donc avez-vous déniché cet avocat ? dit madame de Watteville. Je n'ai jamais entendu prononcer ce nom-là.

– Mais vous pouvez voir ses fenêtres d'ici, répondit le vicaire-général. Monsieur Savaron demeure rue du Perron, le jardin de sa maison est mur mitoyen avec le vôtre.

– Il n'est pas de la Comté, dit monsieur de Watteville.

– Il est si peu de quelque part, qu'on ne sait pas d'où il est, dit madame de Chavoncourt.

– Mais qu'est-il ? demanda madame de Watteville en prenant le bras de monsieur de Soulas pour se rendre à la salle à manger. S'il est étranger, par quel hasard est-il venu s'établir à Besançon ? C'est une idée bien singulière pour un avocat.

– Bien singulière ! répéta le jeune Amédée de Soulas dont la biographie devient nécessaire à l'intelligence de cette histoire.

De tout temps, la France et l'Angleterre ont fait un échange de futilités d'autant plus suivi, qu'il échappe à la tyrannie des douanes. La mode que nous appelons anglaise à Paris se nomme française à Londres, et réciproquement. L'inimitié des deux peuples cesse en deux points, sur la question des mots et sur celle du vêtement. God save the King, l'air national de l'Angleterre, est une musique faite par Lulli pour les chœurs d'Esther ou d'Athalie. Les paniers apportés par une Anglaise à Paris furent inventés à Londres, on sait pourquoi, par une Française, la fameuse duchesse de Portsmouth ; on commença par s'en moquer si bien que la première Anglaise qui parut aux Tuileries faillit être écrasée par la foule ; mais ils furent adoptés. Cette mode a tyrannisé les femmes de l'Europe pendant un demi-siècle. À la paix de 1815, on plaisanta durant une année les tailles longues des Anglaises, tout Paris alla voir Pothier et Brunet dans les Anglaises pour rire ; mais, en 1816 et 17, les ceintures des Françaises, qui leur coupaient le sein en 1814, descendirent par degrés jusqu'à leur dessiner les hanches. Depuis dix ans, l'Angleterre nous a fait deux petits cadeaux linguistiques. À l'incroyable, au merveilleux, à l'élégant, ces trois héritiers des petits-maîtres dont l'étymologie est assez indécente, ont succédé le dandy, puis le lion. Le lion n'a pas engendré la lionne. La lionne est due à la fameuse chanson d'Alfred de Musset : Avez-vous vu dans Barcelone… C'est ma maîtresse et ma lionne : il y a eu fusion, ou si vous voulez, confusion entre les deux termes et les deux idées dominantes. Quand une bêtise amuse Paris, qui dévore autant de chefs-d'œuvre que de bêtises, il est difficile que la province s'en prive. Aussi, dès que le lion promena dans Paris sa crinière, sa barbe et ses moustaches, ses gilets et son lorgnon tenu sans le secours des mains, par la contraction de la joue et de l'arcade sourcilière, les capitales de quelques départements ont-elles vu des sous-lions qui protestèrent, par l'élégance de leurs sous-pieds, contre l'incurie de leurs compatriotes. Donc Besançon jouissait, en 1834, d'un lion dans la personne de ce monsieur Amédée-Sylvain-Jacques de Soulas, écrit Souleyas au temps de l'occupation espagnole. Amédée de Soulas est peut-être le seul qui, dans Besançon, descende d'une famille espagnole. L'Espagne envoyait des gens faire ses affaires dans la Comté, mais il s'y établissait fort peu d'Espagnols. Les Soulas y restèrent à cause de leur alliance avec le cardinal Granvelle. Le jeune monsieur de Soulas parlait toujours de quitter Besançon, ville triste, dévote, peu littéraire, ville de guerre et de garnison, dont les mœurs et l'allure, dont la physionomie valent la peine d'être dépeintes. Cette opinion lui permettait de se loger, en homme incertain de son avenir, dans trois chambres très-peu meublées au bout de la rue Neuve à l'endroit où elle se rencontre avec la rue de la Préfecture.

Le jeune monsieur de Soulas ne pouvait se dispenser d'avoir un tigre. Ce tigre était le fils d'un de ses fermiers, un petit domestique âgé de quatorze ans, trapu, nommé Babylas. Le lion avait très-bien habillé son tigre : redingote courte en drap gris de fer, serrée par une ceinture de cuir verni, culotte de panne gros-bleu, gilet rouge, bottes vernies et à revers, chapeau rond à bourdaloue noir, des boutons jaunes aux armes des Soulas. Amédée donnait à ce garçon des gants de coton blanc, le blanchissage et trente-six francs par mois, à la charge de se nourrir, ce qui paraissait monstrueux aux grisettes de Besançon : quatre cent vingt francs à un enfant de quinze ans, sans compter les cadeaux ! Les cadeaux consistaient dans la vente des habits réformés, dans un pourboire quand Soulas troquait l'un de ses deux chevaux, et la vente des fumiers. Les deux chevaux, administrés avec une sordide économie, coûtaient l'un dans l'autre huit cents francs par an. Le compte des fournitures à Paris en parfumeries, cravates, bijouterie, pots de vernis, habits, allait à douze cents francs. Si vous additionnez groom ou tigre, chevaux, tenue superlative, et loyer de six cents francs, vous trouverez un total de trois mille francs. Or, le père du jeune monsieur de Soulas ne lui avait pas laissé plus de quatre mille francs de rentes produits par quelques métairies assez chétives qui exigeaient de l'entretien, et dont l'entretien imprimait une certaine incertitude aux revenus. À peine restait-il trois francs par jour au lion pour sa vie, sa poche et son jeu. Aussi dînait-il souvent en ville, et déjeunait-il avec une frugalité remarquable. Quand il fallait absolument dîner à ses frais, il allait à la pension des officiers. Le jeune monsieur de Soulas passait pour un dissipateur, pour un homme qui faisait des folies ; tandis que le malheureux nouait les deux bouts de l'année avec une astuce, avec un talent qui eussent fait la gloire d'une bonne ménagère. On ignorait encore, à Besançon surtout, combien six francs de vernis étalé sur des bottes ou sur des souliers, des gants jaunes de cinquante sous nettoyés dans le plus profond secret pour les faire servir trois fois, des cravates de dix francs qui durent trois mois, quatre gilets de vingt-cinq francs et des pantalons qui emboîtent la botte imposent à une capitale ! Comment en serait-il autrement, puisque nous voyons à Paris des femmes accordant une attention particulière à des sots qui viennent chez elles et l'emportent sur les hommes les plus remarquables, à cause de ces frivoles avantages qu'on peut se procurer pour quinze louis, y compris la frisure et une chemise de toile de Hollande ?

Si cet infortuné jeune homme vous paraît être devenu lion à bien bon marché, apprenez qu'Amédée de Soulas était allé trois fois en Suisse, en char et à petites journées ; deux fois à Paris, et une fois de Paris en Angleterre. Il passait pour un voyageur instruit et pouvait dire : En Angleterre, où je suis allé, etc. Les douairières lui disaient : Vous qui êtes allé en Angleterre, etc. Il avait poussé jusqu'en Lombardie, il avait côtoyé les lacs d'Italie. Il lisait les ouvrages nouveaux. Enfin, pendant qu'il nettoyait ses gants, le tigre Babylas répondait aux visiteurs : – Monsieur travaille. Aussi avait-on essayé de démonétiser le jeune monsieur Amédée de Soulas à l'aide de ce mot : – C'est un homme très-avancé. Amédée possédait le talent de débiter avec la gravité bisontine les lieux communs à la mode, ce qui lui donnait le mérite d'être un des hommes les plus éclairés de la noblesse. Il portait sur lui la bijouterie à la mode, et dans sa tête les pensées contrôlées par la Presse.

En 1834, Amédée était un jeune homme de vingt-cinq ans, de taille moyenne, brun, le thorax violemment prononcé, les épaules à l'avenant, les cuisses un peu rondes, le pied déjà gras, la main blanche et potelée, un collier de barbe, des moustaches qui rivalisaient celles de la garnison, une bonne grosse figure rougeaude, le nez écrasé, les yeux bruns et sans expression ; d'ailleurs rien d'espagnol. Il marchait à grands pas vers une obésité fatale à ses prétentions. Ses ongles étaient soignés, sa barbe était faite, les moindres détails de son vêtement étaient tenus avec une exactitude anglaise. Aussi regardait-on Amédée de Soulas comme le plus bel homme de Besançon. Un coiffeur, qui venait le coiffer à heure fixe (autre luxe de soixante francs par an !), le préconisait comme l'arbitre souverain en fait de modes et d'élégance. Amédée dormait tard, faisait sa toilette, et sortait à cheval vers midi pour aller dans une de ses métairies tirer le pistolet. Il mettait à cette occupation la même importance qu'y mit lord Byron dans ses derniers jours. Puis, il revenait à trois heures, admiré sur son cheval par les grisettes et par les personnes qui se trouvaient à leurs croisées. Après de prétendus travaux qui paraissaient l'occuper jusqu'à quatre heures, il s'habillait pour aller dîner en ville, et passait la soirée dans les salons de l'aristocratie bisontine à jouer au whist, et revenait se coucher à onze heures. Aucune existence ne pouvait être plus à jour, plus sage, ni plus irréprochable, car il allait exactement aux offices le dimanche et les fêtes.

Pour vous faire comprendre combien cette vie est exorbitante, il est nécessaire d'expliquer Besançon en quelques mots. Nulle ville n'offre une résistance plus sourde et muette au Progrès. À Besançon, les administrateurs, les employés, les militaires, enfin tous ceux que le gouvernement, que Paris y envoie occuper un poste quelconque, sont désignés en bloc sous le nom expressif de la colonie. La Colonie est le terrain neutre, le seul où, comme à l'église, peuvent se rencontrer la société noble et la société bourgeoise de la ville. Sur ce terrain commencent, à propos d'un mot, d'un regard ou d'un geste, des haines de maison à maison, entre femmes bourgeoises et nobles, qui durent jusqu'à la mort, et agrandissent encore les fossés infranchissables par lesquels les deux sociétés sont séparées. À l'exception des Clermont-Mont-Saint-Jean, des Beauffremont, des de Scey, des Gramont et de quelques autres qui n'habitent la Comté que dans leurs terres, la noblesse bisontine ne remonte pas à plus de deux siècles, à l'époque de la conquête par Louis XIV. Ce monde est essentiellement parlementaire et d'un rogue, d'un raide, d'un grave, d'un positif, d'une hauteur qui ne peut pas se comparer à la cour de Vienne, car les Bisontins feraient en ceci les salons viennois quinaulds. De Victor Hugo, de Nodier, de Fourier, les gloires de la ville, il n'en est pas question, on ne s'en occupe pas. Les mariages entre nobles s'arrangent dès le berceau des enfants, tant les moindres choses comme les plus graves y sont définies. Jamais un étranger, un intrus ne s'est glissé dans ces maisons, et il a fallu, pour y faire recevoir des colonels ou des officiers titrés appartenant aux meilleures familles de France, quand il s'en trouvait dans la garnison, des efforts de diplomatie que le prince de Talleyrand eût été fort heureux de connaître pour s'en servir dans un congrès. En 1834, Amédée était le seul qui portât des sous-pieds à Besançon. Ceci vous explique déjà la lionnerie du jeune monsieur de Soulas. Enfin une petite anecdote vous fera bien comprendre Besançon.

Quelque temps avant le jour où cette histoire commence, la Préfecture éprouva le besoin de faire venir de Paris un rédacteur pour son journal, afin de se défendre contre la petite Gazette que la grande Gazette avait pondue à Besançon, et contre le Patriote, que la République y faisait frétiller. Paris envoya un jeune homme, ignorant sa Comté, qui débuta par un premier-Besançon de l'école du Charivari. Le chef du parti juste-milieu, un homme de l'Hôtel-de-Ville, fit venir le journaliste, et lui dit : – Apprenez, monsieur, que nous sommes graves, plus que graves, ennuyeux, nous ne voulons point qu'on nous amuse, et nous sommes furieux d'avoir ri. Soyez aussi dur à digérer que les plus épaisses amplifications de la Revue des deux Mondes, et vous serez à peine au ton des Bisontins.

Le rédacteur se le tint pour dit, et parla le patois philosophique le plus difficile à comprendre. Il eut un succès complet.

Si le jeune monsieur de Soulas ne perdit pas dans l'estime des salons de Besançon, ce fut pure vanité de leur part : l'aristocratie était bien aise d'avoir l'air de se moderniser et de pouvoir offrir aux nobles Parisiens en voyage dans la Comté un jeune homme qui leur ressemblait à peu près. Tout ce travail caché, toute cette poudre jetée aux yeux, cette folie apparente, cette sagesse latente avaient un but, sans quoi le lion bisontin n'eût pas été du pays. Amédée voulait arriver à un mariage avantageux en prouvant un jour que ses fermes n'étaient pas hypothéquées, et qu'il avait fait des économies. Il voulait occuper la ville, il voulait en être le plus bel homme, le plus élégant, pour obtenir d'abord l'attention, puis la main de mademoiselle Philomène de Watteville : ah !

En 1830, au moment où le jeune monsieur de Soulas commença son métier de dandy, Philomène avait treize ans. En 1834, mademoiselle de Watteville atteignait donc à cet âge où les jeunes personnes sont facilement frappées par toutes les singularités qui recommandaient Amédée à l'attention de la ville. Il y a beaucoup de lions qui se font lions par calcul et par spéculation. Les Watteville, riches depuis douze ans de cinquante mille francs de rentes, ne dépensaient pas plus de vingt-quatre mille francs par an, tout en recevant la haute société de Besançon, les lundis et les vendredis. On y dînait le lundi, l'on y passait la soirée le vendredi. Ainsi, depuis douze ans, quelle somme ne faisaient pas vingt-six mille francs annuellement économisés et placés avec la discrétion qui distingue ces vieilles familles ? On croyait assez généralement que se trouvant assez riche en terres, madame de Watteville avait mis dans le trois pour cent ses économies en 1830. La dot de Philomène devait alors se composer d'environ quarante mille francs de rentes. Depuis cinq ans, le lion avait donc travaillé comme une taupe pour se loger dans le haut bout de l'estime de la sévère baronne, tout en se posant de manière à flatter l'amour-propre de mademoiselle de Watteville. La baronne était dans le secret des inventions par lesquelles Amédée parvenait à soutenir son rang dans Besançon, et l'en estimait fort. Soulas s'était mis sous l'aile de la baronne quand elle avait trente ans, il eut alors l'audace de l'admirer et d'en faire une idole ; il en était arrivé à pouvoir lui raconter, lui seul au monde, les gaudrioles que presque toutes les dévotes aiment à entendre dire, autorisées qu'elles sont par leurs grandes vertus à contempler des abîmes sans y choir et les embûches du démon sans s'y prendre. Comprenez-vous pourquoi ce lion ne se permettait pas la plus légère intrigue ? il clarifiait sa vie, il vivait en quelque sorte dans la rue afin de pouvoir jouer le rôle d'amant sacrifié près de la baronne, et lui régaler l'Esprit des péchés qu'elle interdisait à sa Chair. Un homme qui possède le privilège de couler des choses lestes dans l'oreille d'une dévote, est à ses yeux un homme charmant. Si ce lion exemplaire eût mieux connu le cœur humain, il aurait pu sans danger se permettre quelques amourettes parmi les grisettes de Besançon qui le regardaient comme un roi : ses affaires se seraient avancées auprès de la sévère et prude baronne. Avec Philomène, ce caton paraissait dépensier : il professait la vie élégante, il lui montrait en perspective le rôle brillant d'une femme à la mode à Paris, où il irait comme député. Ces savantes manœuvres furent couronnées par un plein succès. En 1834, les mères des quarante familles nobles qui composent la haute société bisontine, citaient le jeune monsieur Amédée de Soulas, comme le plus charmant jeune homme de Besançon, personne n'osait disputer la place au coq de l'hôtel de Rupt, et tout Besançon le regardait comme le futur époux de Philomène de Watteville. Il y avait eu déjà même à ce sujet quelques paroles échangées entre la baronne et Amédée, auxquelles la prétendue nullité du baron donnait une certitude.

Mademoiselle Philomène de Watteville à qui sa fortune, énorme un jour, prêtait alors des proportions considérables, élevée dans l'enceinte de l'hôtel de Rupt que sa mère quitta rarement, tant elle aimait le cher archevêque, avait été fortement comprimée par une éducation exclusivement religieuse, et par le despotisme de sa mère qui la tenait sévèrement par principes. Philomène ne savait absolument rien. Est-ce savoir quelque chose que d'avoir étudié la géographie dans Guthrie, l'histoire sainte, l'histoire ancienne, l'histoire de France, et les quatre règles, le tout passé au tamis d'un vieux jésuite ? Dessin, musique et danse furent interdits, comme plus propres à corrompre qu'à embellir la vie. La baronne apprit à sa fille tous les points possibles de la tapisserie et les petits ouvrages de femme : la couture, la broderie, le filet. À dix-sept ans, Philomène n'avait lu que les Lettres Edifiantes, et des ouvrages sur la science héraldique. Jamais un journal n'avait souillé ses regards. Elle entendait tous les matins la messe à la cathédrale où la menait sa mère, revenait déjeuner, travaillait après une petite promenade dans le jardin, et recevait les visites assise près de la baronne jusqu'à l'heure du dîner ; puis après, excepté les lundis et les vendredis, elle accompagnait madame de Watteville dans les soirées, sans pouvoir y parler plus que ne le voulait l'ordonnance maternelle.

À dix-sept ans, mademoiselle de Watteville était une jeune fille frêle, mince, plate, blonde, blanche, et de la dernière insignifiance. Ses yeux, d'un bleu pâle, s'embellissaient par le jeu des paupières qui, baissées, produisaient une ombre sur ses joues. Quelques taches de rousseur nuisaient à l'éclat de son front, d'ailleurs bien coupé. Son visage ressemblait parfaitement à ceux des saintes d'Albert Dürer et des peintres antérieurs au Pérugin : même forme grasse, quoique mince, même délicatesse attristée par l'extase, même naïveté sévère. Tout en elle, jusqu'à sa pose rappelait ces vierges dont la beauté ne reparaît dans son lustre mystique qu'aux yeux d'un connaisseur attentif. Elle avait de belles mains, mais rouges, et le plus joli pied, un pied de châtelaine. Habituellement, elle portait des robes de simple cotonnade ; mais le dimanche et les jours de fête sa mère lui permettait la soie. Ses modes faites à Besançon, la rendaient presque laide ; tandis que sa mère essayait d'emprunter de la grâce, de la beauté, de l'élégance aux modes de Paris d'où elle tirait les plus petites choses de sa toilette, par les soins du jeune monsieur de Soulas. Philomène n'avait jamais porté de bas de soie, ni de brodequins, mais des bas de coton et des souliers de peau. Les jours de gala, elle était vêtue d'une robe de mousseline, coiffée en cheveux, et avait des souliers en peau bronzée.

Cette éducation et l'attitude modeste de Philomène cachaient un caractère de fer. Les physiologistes et les profonds observateurs de la nature humaine vous diront, à votre grand étonnement peut-être, que, dans les familles, les humeurs, les caractères, l'esprit, le génie reparaissent à de grands intervalles absolument comme ce qu'on appelle les maladies héréditaires. Ainsi le talent, de même que la goutte, saute quelquefois de deux générations. Nous avons, de ce phénomène, un illustre exemple dans George Sand en qui revivent la force, la puissance et le concept du maréchal de Saxe, de qui elle est petite-fille naturelle. Le caractère décisif, la romanesque audace du fameux Watteville étaient revenus dans l'âme de sa petite-nièce, encore aggravés par la ténacité, par la fierté du sang des de Rupt. Mais ces qualités ou ces défauts, si vous voulez, étaient aussi profondément cachés dans cette âme de jeune fille, en apparence molle et débile, que les laves bouillantes le sont sous une colline avant qu'elle ne devienne un volcan. Madame de Watteville seule soupçonnait peut-être ce legs des deux sangs. Elle se faisait si sévère pour sa Philomène, qu'elle répondit un jour à l'archevêque qui lui reprochait de la traiter trop durement : – Laissez-moi la conduire, monseigneur, je la connais ! elle a plus d'un Belzébuth dans sa peau !

La baronne observait d'autant mieux sa fille, qu'elle y croyait son honneur de mère engagé. Enfin elle n'avait pas autre chose à faire. Clotilde de Rupt, alors âgée de trente-cinq ans et presque veuve d'un époux qui tournait des coquetiers en toute espèce de bois, qui s'acharnait à faire des cercles à six raies en bois de fer, qui fabriquait des tabatières pour sa société, coquetait en tout bien tout honneur avec Amédée de Soulas. Quand ce jeune homme était au logis, elle renvoyait et rappelait tour à tour sa fille, et tâchait de surprendre dans cette jeune âme des mouvements de jalousie, afin d'avoir l'occasion de les dompter. Elle imitait la police dans ses rapports avec les républicains ; mais elle avait beau faire, Philomène ne se livrait à aucune espèce d'émeute. La sèche dévote reprochait alors à sa fille sa parfaite insensibilité. Philomène connaissait assez sa mère pour savoir que si elle eût trouvé bien le jeune monsieur de Soulas, elle se serait attiré quelque verte remontrance. Aussi à toutes les agaceries de sa mère, répondait-elle par ces phrases si improprement appelées jésuitiques, car les jésuites étaient forts, et ces réticences sont les chevaux de frise derrière lesquels s'abrite la faiblesse. La mère traitait alors sa fille de dissimulée. Si, par malheur, un éclat du vrai caractère des Watteville et des de Rupt se faisait jour, la mère rebattait Philomène avec le fer du respect sur l'enclume de l'obéissance passive. Ce combat secret avait lieu dans l'enceinte la plus secrète de la vie domestique, à huis clos. Le vicaire-général, ce cher abbé de Grancey, l'ami du défunt archevêque, quelque fort qu'il fût en sa qualité de grand-pénitencier du diocèse, ne pouvait pas deviner si cette lutte avait ému quelque haine entre la mère et la fille, si la mère était par avance jalouse, ou si la cour que faisait Amédée à la fille dans la personne de la mère n'avait pas outrepassé les bornes. En sa qualité d'ami de la maison, il ne confessait ni la mère ni la fille. Philomène, un peu trop battue, moralement parlant, à propos du jeune monsieur de Soulas, ne pouvait pas le souffrir, pour employer un terme du langage familier. Aussi quand il lui adressait la parole en tâchant de surprendre son cœur, le recevait-elle assez froidement. Cette répugnance, visible seulement aux yeux de sa mère, était un continuel sujet d'admonestation.

— Philomène, je ne vois pas pourquoi vous affectez tant de froideur pour Amédée, est-ce parce qu'il est l'ami de la maison, et qu'il nous plaît, à votre père et à moi…

— Eh ! maman, répondit un jour la pauvre enfant, si je l'accueillais bien, n'aurais-je pas plus de torts ?

— Qu'est-ce que cela signifie ? s'écria madame de Watteville. Qu'entendez-vous par ces paroles ? votre mère est injuste, peut-être, et selon vous, elle le serait dans tous les cas ? Que jamais il ne sorte plus de pareille réponse de votre bouche, à votre mère !… etc.

Cette querelle dura trois heures trois quarts, et Philomène en fit l'observation. La mère devint pâle de colère, et renvoya sa fille dans sa chambre où Philomène étudia le sens de cette scène, sans y rien trouver, tant elle était innocente ! Ainsi, le jeune monsieur de Soulas, que toute la ville de Besançon croyait bien près du but vers lequel il tendait, cravates déployées, à coups de pots de vernis, et qui lui faisait user tant de noir à cirer les moustaches, tant de jolis gilets, de fers de chevaux et de corsets, car il portait un gilet de peau, le corset des lions ; Amédée en était plus loin que le premier venu, quoiqu'il eût pour lui le digne et noble abbé de Grancey. Philomène ne savait pas d'ailleurs encore, au moment où cette histoire commence, que le jeune comte Amédée de Souleyaz lui fût destiné.

— Madame, dit monsieur de Soulas en s'adressant à la baronne en attendant que le potage un peu trop chaud se fût refroidi et en affectant de rendre son récit quasi romanesque, un beau matin la malle-poste a jeté dans l'Hôtel National un Parisien qui, après avoir cherché des appartements, s'est décidé pour le premier étage de la maison de mademoiselle Calard, rue du Perron. Puis, l'étranger est allé droit à la mairie y déposer une déclaration de domicile réel et politique. Enfin il s'est fait inscrire au tableau des avocats près la cour en présentant des titres en règle, et il a mis des cartes chez tous ses nouveaux confrères, chez les officiers ministériels, chez les Conseillers de la cour et chez tous les membres du tribunal, une carte où se lisait : Albert Savaron.

— Le nom de Savaron est célèbre, dit mademoiselle Philomène, qui était très-forte en science héraldique. Les Savaron de Savarus sont une des plus vieilles, des plus nobles et des plus riches familles de Belgique.

— Il est Français et troubadour, reprit Amédée de Soulas. S'il veut prendre les armes des Savaron de Savarus, il y mettra une barre. Il n'y a plus en Brabant qu'une demoiselle Savarus, une riche héritière à marier.

— La barre est signe de bâtardise ; mais le bâtard d'un comte de Savarus est noble, reprit Philomène.

— Assez, Philomène ! dit la baronne.

— Vous avez voulu qu'elle sût le blason, fit monsieur de Watteville, elle le sait bien !

– Continuez, Amédée.

– Vous comprenez que dans une ville où tout est classé, défini, connu, casé, chiffré, numéroté comme à Besançon, Albert Savaron a été reçu par nos avocats sans aucune difficulté. Chacun s'est contenté de dire : Voilà un pauvre diable qui ne sait pas son Besançon. Qui diable a pu lui conseiller de venir ici ? qu'y prétend-il faire ? Envoyer sa carte chez les magistrats au lieu d'y aller en personne ?... quelle faute ! Aussi, trois jours après, plus de Savaron. Il a pris pour domestique l'ancien valet de chambre de feu monsieur Galard, Jérôme qui sait faire un peu de cuisine. On a d'autant mieux oublié Albert Savaron que personne ne l'a ni vu ni rencontré.

– Il ne va donc pas à la messe ? dit madame de Chavoncourt.

– Il y va le dimanche, à Saint-Jean, mais à la première messe, à huit heures. Il se lève toutes les nuits entre une heure et deux du matin, il travaille jusqu'à huit heures, il déjeune, et après il travaille encore. Il se promène dans le jardin, il en fait cinquante fois, soixante fois le tour ; il rentre, dîne, et se couche entre six et sept heures.

– Comment savez-vous tout cela ? dit madame de Chavoncourt à monsieur de Soulas.

– D'abord, madame, je demeure rue Neuve au coin de la rue du Perron, j'ai vue sur la maison où loge ce mystérieux personnage ; puis il y a mutuellement des protocoles entre mon tigre et Jérôme.

– Vous causez donc avec Babylas ?

– Que voulez-vous que je fasse dans mes promenades ?

– Eh ! bien, comment avez-vous pris un étranger pour avocat ? dit la baronne en rendant ainsi la parole au vicaire-général.

— Le premier président a joué le tour à cet avocat de le nommer d'office pour défendre aux assises un paysan à peu près imbécile, accusé de faux. Monsieur Savaron a fait acquitter ce pauvre homme en prouvant son innocence et démontrant qu'il avait été l'instrument des vrais coupables. Non-seulement son système a triomphé, mais il a nécessité l'arrestation de deux des témoins qui, reconnus coupables, ont été condamnés. Ses plaidoiries ont frappé la Cour et les jurés. L'un d'eux, un négociant, a confié le lendemain à monsieur Savaron un procès délicat, qu'il a gagné. Dans la situation où nous étions par l'impossibilité où se trouvait monsieur Berryer de venir à Besançon, monsieur de Garcenault nous a donné le conseil de prendre ce monsieur Albert Savaron en nous prédisant le succès. Dès que je l'ai vu, que je l'ai entendu, j'ai eu foi en lui, et je n'ai pas eu tort.

— A-t-il donc quelque chose d'extraordinaire, demanda madame de Chavoncourt.

— Oui, répondit le vicaire-général.

— Eh ! bien, expliquez-nous cela, dit madame de Watteville.

— La première fois que je le vis, dit l'abbé de Grancey, il me reçut dans la première pièce après l'antichambre (l'ancien salon du bonhomme Galard), qu'il a fait peindre en vieux chêne, et que j'ai trouvée entièrement tapissée de livres de droit contenus dans des bibliothèques également peintes en vieux bois. Cette peinture et les livres sont tout le luxe, car le mobilier consiste en un bureau de vieux bois sculpté, six vieux fauteuils en tapisserie, aux fenêtres des rideaux couleur carmélite bordés de vert, et un tapis vert sur le plancher. Le poêle de l'antichambre chauffe aussi cette bibliothèque. En l'attendant là, je ne me figurais point mon avocat sous des traits jeunes. Ce singulier cadre est vraiment en harmonie avec la figure, car monsieur Savaron est venu en robe de chambre de mérinos noir, serrée par une ceinture en corde rouge, des pantoufles rouges, un gilet de flanelle rouge, une calotte rouge.

– La livrée du diable ! s'écria madame de Watteville. – Oui, dit l'abbé ; mais une tête superbe : cheveux noirs, mélangés déjà de quelques cheveux blancs, des cheveux comme en ont les saint Pierre et les saint Paul de nos tableaux, à boucles touffues et luisantes, des cheveux durs comme des crins, un cou blanc et rond comme celui d'une femme, un front magnifique séparé par ce sillon puissant que les grands projets, les grandes pensées, les fortes méditations inscrivent au front des grands hommes ; un teint olivâtre marbré de taches rouges, un nez carré, des yeux de feu, puis les joues creusées, marquées de deux rides longues pleines de souffrances, une bouche à sourire sarde et un petit menton mince et trop court ; la patte d'oie aux tempes, les yeux caves, roulant sous des arcades sourcilières comme deux globes ardents ; mais, malgré tous ces indices de passions violentes, un air calme, profondément résigné, la voix d'une douceur pénétrante, et qui m'a surpris au Palais par sa facilité, la vraie voix de l'orateur tantôt pure et rusée, tantôt insinuante, et tonnant quand il le faut, puis se pliant au sarcasme et devenant alors incisive. Monsieur Albert Savaron est de moyenne taille, ni gras ni maigre. Enfin il a des mains de prélat. La seconde fois que je suis allé chez lui, il m'a reçu dans sa chambre qui est contiguë à cette bibliothèque, et a souri de mon étonnement quand j'y ai vu une méchante commode, un mauvais tapis, un lit de collégien et aux fenêtres des rideaux de calicot. Il sortait de son cabinet où personne ne pénètre, m'a dit Jérôme qui n'y entre pas et qui s'est contenté de frapper à la porte. Monsieur Savaron a fermé lui-même cette porte à clef devant moi. La troisième fois, il déjeunait dans sa bibliothèque de la manière la plus frugale ; mais cette fois, comme il avait passé la nuit à examiner nos pièces, que j'étais avec notre avoué, que nous devions rester longtemps ensemble et que le cher monsieur Girardet est verbeux, j'ai pu me permettre d'étudier cet étranger. Certes, ce n'est pas un homme ordinaire. Il y a plus d'un secret derrière ce masque à la fois terrible et doux, patient et impatient, plein et creusé. Je l'ai trouvé voûté légèrement, comme tous les hommes qui ont quelque chose de lourd à porter.

– Pourquoi cet homme si éloquent a-t-il quitté Paris ? Dans quel dessein est-il venu à Besançon ? On ne lui a donc pas dit combien les étrangers y avaient peu de chance de réussite ? On s'y servira de lui, mais les Bisontins ne l'y laisseront pas se servir d'eux. Pourquoi, s'il est venu, a-t-il fait si peu de frais qu'il a fallu la fantaisie du premier président pour le mettre en évidence ? dit la belle madame de Chavoncourt.

– Après avoir bien étudié cette belle tête, reprit l'abbé de Grancey qui regarda finement son interruptrice en donnant à penser qu'il taisait quelque chose, et surtout après l'avoir entendu répliquant ce matin à l'un des aigles du barreau de Paris, je pense que cet homme, qui doit avoir trente-cinq ans, produira plus tard une grande sensation…

– Pourquoi nous en occuper ? Votre procès est gagné, vous l'avez payé, dit madame de Watteville en observant sa fille qui depuis que le vicaire-général parlait était comme suspendue à ses lèvres.

La conversation prit un autre cours, et il ne fut plus question d'Albert Savaron.

Le portrait esquissé par le plus capable des vicaires-généraux du diocèse eut d'autant plus l'attrait d'un roman pour Philomène qu'il s'y trouvait un roman. Pour la première fois de sa vie, elle rencontrait cet extraordinaire, ce merveilleux que caressent toutes les jeunes imaginations, et au-devant duquel se jette la curiosité, si vive à l'âge de Philomène. Quel être idéal que cet Albert, sombre, souffrant, éloquent, travailleur, comparé par mademoiselle de Watteville à ce gros comte joufflu, crevant de santé, diseur de fleurettes, parlant d'élégance en face de la splendeur des anciens comtes de Rupt ! Amédée ne lui valait que des querelles et des remontrances, elle ne le connaissait d'ailleurs que trop, et cet Albert Savaron offrait bien des énigmes à déchiffrer.

– Albert Savaron de Savarus, répétait-elle en elle-même.

Puis le voir, l'apercevoir !... Ce fut le désir d'une jeune fille jusque-là sans désir. Elle repassait dans son cœur, dans son imagination, dans sa tête les moindres phrases dites par l'abbé de Grancey, car tous les mots avaient porté coup.

— Un beau front, se disait-elle en regardant le front de chaque homme assis à la table, je n'en vois pas un seul de beau... Celui de monsieur de Soulas est trop bombé, celui de monsieur de Grancey est beau, mais il a soixante-dix ans et n'a plus de cheveux, on ne sait plus où finit le front.

— Qu'avez-vous, Philomène ? vous ne mangez pas...

— Je n'ai pas faim, maman, dit-elle. — Des mains de prélat... reprit-elle en elle-même, je ne me souviens plus de celles de notre bel archevêque, qui m'a cependant confirmée.

Enfin, au milieu des allées et venues qu'elle faisait dans le labyrinthe de sa rêverie, elle se rappela, brillant à travers les arbres des deux jardins contigus, une fenêtre illuminée qu'elle avait aperçue de son lit quand par hasard elle s'était éveillée pendant la nuit : — C'était donc sa lumière, se dit-elle, je le pourrai voir ! Je le verrai.

— Monsieur de Grancey, tout est-il fini pour le procès du chapitre ? dit à brûle-pourpoint Philomène au vicaire-général pendant un moment de silence.

Madame de Watteville échangea rapidement un regard avec le vicaire-général.

— Et qu'est-ce que cela vous fait, ma chère enfant ? dit-elle à Philomène en y mettant une feinte douceur qui rendit sa fille circonspecte pour le reste de ses jours.

— On peut nous mener en cassation, mais nos adversaires y regarderont à deux fois, répondit l'abbé.

— Je n'aurais jamais cru que Philomène pût penser pendant tout un dîner à un procès, reprit madame de Watteville.

— Ni moi non plus, dit Philomène avec un petit air rêveur qui fit rire. Mais monsieur de Grancey s'en occupait tant que je m'y suis intéressée. C'est bien innocent !

On se leva de table, et la compagnie revint au salon. Pendant toute la soirée, Philomène écouta pour savoir si l'on parlerait encore d'Albert Savaron ; mais hormis les félicitations que chaque arrivant adressait à l'abbé sur le gain du procès, et où personne ne mêla l'éloge de l'avocat, il n'en fut plus question. Mademoiselle de Watteville attendit la nuit avec impatience. Elle s'était promis de se lever entre deux et trois heures du matin pour voir les fenêtres du cabinet d'Albert. Quand cette heure fut venue, elle éprouva presque du plaisir à contempler la lueur que projetaient à travers les arbres, presque dépouillés de feuilles, les bougies de l'avocat. À l'aide de cette excellente vue que possède une jeune fille et que la curiosité semble étendre, elle vit Albert écrivant, elle crut distinguer la couleur de l'ameublement qui lui parut être rouge. La cheminée élevait au-dessus du toit une épaisse colonne de fumée.

— Quand tout le monde dort, il veille… comme Dieu ! se dit-elle.

L'éducation des filles comporte des problèmes si graves, car l'avenir d'une nation est dans la mère, que depuis long-temps l'Université de France s'est donné la tâche de n'y point songer. Voici l'un de ces problèmes.

Doit-on éclairer les jeunes filles, doit-on comprimer leur esprit ? il va sans dire que le système religieux est compresseur : si vous les éclairez, vous en faites des démons avant l'âge ; si vous les empêchez de penser, vous arrivez à la subite explosion si bien peinte dans le personnage d'Agnès par Molière, et vous mettez cet esprit comprimé, si neuf, si perspicace, rapide et conséquent comme le sauvage, à la merci d'un événement, crise fatale amenée chez mademoiselle de Watteville par l'imprudente esquisse que se permit à table un des plus prudents abbés du prudent Chapitre de Besançon.

Le lendemain matin, Philomène de Watteville, en s'habillant, regarda nécessairement Albert Savaron se promenant dans le jardin contigu à celui de l'hôtel de Rupt.

– Que serais-je devenue, pensa-t-elle, s'il avait demeuré ailleurs ? Je puis le voir. À quoi pense-t-il ?

Après avoir vu, mais à distance, cet homme extraordinaire, le seul dont la physionomie tranchait vigoureusement sur la masse des figures bisontines aperçues jusqu'alors, Philomène sauta rapidement à l'idée de pénétrer dans son intérieur, de savoir les raisons de tant de mystère, d'entendre cette voix éloquente, de recevoir un regard de ces beaux yeux. Elle voulut tout cela, mais comment l'obtenir ?

Pendant toute la journée, elle tira l'aiguille sur sa broderie avec cette attention obtuse de la jeune fille qui paraît comme Agnès ne penser à rien et qui réfléchit si bien sur toute chose que ses ruses sont infaillibles. De cette profonde méditation, il résulta chez Philomène une envie de se confesser. Le lendemain matin, après la messe, elle eut une petite conférence à Saint-Jean avec l'abbé Giroud, et l'entortilla si bien que la confession fut indiquée pour le dimanche matin, à sept heures et demie, avant la messe de huit heures. Elle commit une douzaine de mensonges pour pouvoir se trouver dans l'église, une seule fois, à l'heure où l'avocat venait entendre la messe. Enfin il lui prit un mouvement de tendresse excessif pour son père, elle l'alla voir dans son atelier, et lui demanda mille renseignements sur l'art du tourneur, pour arriver à conseiller à son père de tourner de grandes pièces, des colonnes. Après avoir lancé son père dans les colonnes torses, une des difficultés de l'art du tourneur, elle lui conseilla de profiter d'un gros tas de pierre qui se trouvait au milieu du jardin pour en faire faire une grotte, sur laquelle il mettrait un petit temple en façon de belvéder, où ses colonnes torses seraient employées et brilleraient aux yeux de toute la société.

Au milieu de la joie que cette entreprise causait à ce pauvre homme inoccupé, Philomène lui dit en l'embrassant : – Surtout ne dis pas à ma mère de qui te vient cette idée, elle me gronderait.

– Sois tranquille, répondit monsieur de Watteville qui gémissait tout autant que sa fille sous l'oppression de la terrible fille des de Rupt.

Ainsi Philomène avait la certitude de voir promptement bâtir un charmant observatoire d'où la vue plongerait sur le cabinet de l'avocat. Et il y a des hommes pour lesquels les jeunes filles font de pareils chefs-d'œuvre de diplomatie, qui, la plupart du temps, comme Albert Savaron, n'en savent rien.

Ce dimanche, si peu patiemment attendu, vint, et la toilette de Philomène fut faite avec un soin qui fit sourire Mariette, la femme de chambre de madame et de mademoiselle de Watteville.

– Voici la première fois que je vois mademoiselle si vétilleuse ? dit Mariette.

– Vous me faites penser, dit Philomène en lançant à Mariette un regard qui mit des coquelicots sur les joues de la femme de chambre, qu'il y a des jours où vous l'êtes aussi plus particulièrement qu'à d'autres.

En quittant le perron, en traversant la cour, en franchissant la porte, en allant dans la rue, le cœur de Philomène battit comme lorsque nous pressentons un grand événement. Elle ne savait pas jusqu'alors ce que c'était que d'aller par les rues : elle avait cru que sa mère lirait ses projets sur son front et qu'elle lui défendrait d'aller à confesse, elle se sentit un sang nouveau dans les pieds, elle les leva comme si elle marchait sur du feu ! Naturellement, elle avait pris rendez-vous avec son confesseur à huit heures un quart, en disant huit heures à sa mère, afin d'attendre un quart-d'heure environ auprès d'Albert. Elle arriva dans l'église avant la messe, et, après avoir fait une courte prière, elle alla voir si l'abbé Giroud était à son confessionnal, uniquement pour pouvoir flâner dans l'église. Aussi se trouva-t-elle placée de manière à regarder Albert au moment où il entra dans la cathédrale.

Il faudrait qu'un homme fût atrocement laid pour n'être pas trouvé beau dans les dispositions où la curiosité mettait mademoiselle de Watteville. Or, Albert Savaron déjà très-remarquable fit d'autant plus d'impression sur Philomène que sa manière d'être, sa démarche, son attitude, tout, jusqu'à son vêtement, avait ce je ne sais quoi qui ne s'explique que par le mot mystère ! Il entra. L'église jusque-là sombre, parut à Philomène comme éclairée. La jeune fille fut charmée par cette démarche lente et presque solennelle des gens qui portent un monde sur leurs épaules, et dont le regard profond, dont le geste s'accordent à exprimer une pensée ou dévastatrice ou dominatrice. Philomène comprit alors les paroles du vicaire-général dans toute leur étendue. Oui, ces yeux d'un jaune brun diaprés de filets d'or, voilaient une ardeur qui se trahissait par des jets soudains. Philomène, avec une imprudence que remarqua Mariette, se mit sur le passage de l'avocat de manière à échanger un regard avec lui ; et ce regard cherché lui changea le sang, car son sang frémit et bouillonna comme si sa chaleur eût doublé. Dès qu'Albert se fut assis, mademoiselle de Watteville eut bientôt choisi sa place de manière à le parfaitement voir pendant tout le temps que lui laisserait l'abbé Giroud. Quand Mariette dit : – Voilà monsieur Giroud, il parut à Philomène que ce temps n'avait pas duré plus de quelques minutes. Lorsqu'elle sortit du confessionnal, la messe était dite, Albert avait quitté la cathédrale.

— Le vicaire-général a raison, pensait-elle, il souffre ! Pourquoi cet aigle, car il a des yeux d'aigle, est-il venu s'abattre sur Besançon ? Oh ! je veux tout savoir, et comment ?

Sous le feu de ce nouveau désir, Philomène tira les points de sa tapisserie avec une admirable exactitude, et voilà ses méditations sous un petit air candide qui jouait la niaiserie à tromper madame de Watteville. Depuis le dimanche où mademoiselle de Watteville avait reçu ce regard, ou, si vous voulez, ce baptême de feu, magnifique expression de Napoléon qui peut servir à l'amour, elle mena chaudement l'affaire du belvéder.

— Maman, dit-elle une fois qu'il y eut deux colonnes de tournées, mon père s'est mis en tête une singulière idée, il tourne des colonnes pour un belvéder qu'il a le projet de faire élever en se servant de ce tas de pierres qui se trouve au milieu du jardin, approuvez-vous cela ? Moi, il me semble que…

— J'approuve tout ce que fait votre père, répliqua sèchement madame de Watteville, et c'est le devoir des femmes de se soumettre à leurs maris, quand même elles n'en approuveraient point les idées… Pourquoi m'opposerais-je à une chose indifférente en elle-même du moment où elle amuse monsieur de Watteville ?

— Mais c'est que de là nous verrons chez monsieur de Soulas, et monsieur de Soulas nous y verra quand nous y serons. Peut-être parlerait-on…

— Avez-vous, Philomène, la prétention de conduire vos parents, et d'en savoir plus qu'eux sur la vie et sur les convenances ?

— Je me tais, maman. Au surplus, mon père dit que la grotte fera une salle où l'on aura frais et où l'on ira prendre le café.

— Votre père a eu là d'excellentes idées, répondit madame de Watteville qui voulut aller voir les colonnes.

Elle donna son approbation au projet du baron de Watteville en indiquant pour l'érection du monument une place au fond du jardin d'où l'on n'était pas vu de chez monsieur de Soulas, mais d'où l'on voyait admirablement chez monsieur Albert Savaron. Un entrepreneur fut mandé qui se chargea de faire une grotte au sommet de laquelle on parviendrait par un petit chemin de trois pieds de large, dans les rocailles duquel viendraient des pervenches, des iris, des viornes, des lierres, des chèvrefeuilles, de la vigne vierge. La baronne inventa de faire tapisser l'intérieur de la grotte en bois rustique alors à la mode pour les jardinières, de mettre au fond une glace, un divan à couvercle et une table en marqueterie de bois grume. Monsieur de Soulas proposa de faire le sol en asphalte. Philomène imagina de suspendre à la voûte un lustre en bois rustiqué.

— Les Watteville font faire quelque chose de charmant dans leur jardin, disait-on dans Besançon.

— Ils sont riches, ils peuvent bien mettre mille écus pour une fantaisie.

— Mille écus ?... dit madame de Chavoncourt.

— Oui, mille écus, s'écria le jeune monsieur de Soulas. On fait venir un homme de Paris pour rustiquer l'intérieur, mais ce sera bien joli. Monsieur de Watteville fait lui-même le lustre, il se met à sculpter le bois...

— On dit que Berquet va creuser une cave, dit un abbé.

— Non, reprit le jeune monsieur de Soulas, il fonde le kiosque sur un massif en béton pour qu'il n'y ait pas d'humidité.

— Vous savez les moindres choses qui se font dans la maison, dit aigrement madame de Chavoncourt en regardant une de ses grandes filles bonne à marier depuis un an.

Mademoiselle de Watteville qui éprouvait un petit mouvement d'orgueil en pensant au succès de son belvéder, se reconnut une éminente supériorité sur tout ce qui l'entourait. Personne ne devinait qu'une petite fille, jugée sans esprit, niaise, avait tout bonnement voulu voir de plus près le cabinet de l'avocat Savaron.

L'éclatante plaidoirie d'Albert Savaron pour le Chapitre de la cathédrale fut d'autant plus promptement oubliée que l'envie des avocats se réveilla. D'ailleurs, fidèle à sa retraite, Savaron ne se montra nulle part. Sans prôneurs et ne voyant personne, il augmenta les chances d'oubli qui, dans une ville comme Besançon, abondent pour un étranger. Néanmoins, il plaida trois fois au tribunal de commerce, dans trois affaires épineuses qui durent aller à la Cour. Il eut ainsi pour clients quatre des plus gros négociants de la ville, qui reconnurent en lui tant de sens et de ce que la province appelle une bonne judiciaire, qu'ils lui confièrent leur contentieux. Le jour où la maison Watteville inaugura son belvéder, Savaron élevait aussi son monument. Grâces aux relations sourdes qu'il s'était acquises dans le haut commerce de Besançon, il y fondait une revue de quinzaine, appelée la Revue de l'Est, au moyen de quarante actions de chacune cinq cents francs placées entre les mains de ses dix premiers clients auxquels il fit sentir la nécessité d'aider aux destinées de Besançon, la ville où devait se fixer le transit entre Mulhouse et Lyon, le point capital entre le Rhin et le Rhône.

Pour rivaliser avec Strasbourg, Besançon ne devait-il pas être aussi bien un centre de lumières qu'un point commercial ? On ne pouvait traiter que dans une Revue les hautes questions relatives aux intérêts de l'Est. Quelle gloire de ravir à Strasbourg et à Dijon leur influence littéraire, d'éclairer l'Est de la France, et de lutter avec la centralisation parisienne. Ces considérations trouvées par Albert furent redites par les dix négociants qui se les attribuèrent.

L'avocat Savaron ne commit pas la faute de se mettre en nom, il laissa la direction financière à son premier client, monsieur Boucher, allié par sa femme à l'un des plus forts éditeurs de grands ouvrages ecclésiastiques ; mais il se réserva la rédaction avec une part comme fondateur dans les bénéfices. Le commerce fit un appel à Dôle, à Dijon, à Salins, à Neufchâtel, dans le Jura, Bourg, Nantua, Lons-le-Saunier. On y réclama le concours des lumières et des efforts de tous les hommes studieux des trois provinces du Bugey, de la Bresse et de la Comté. Grâces aux relations de commerce et de confraternité, cent cinquante abonnements furent pris, eu égard au bon marché : la Revue coûtait huit francs par trimestre. Pour éviter de froisser les amours-propres de province par les refus d'articles, l'avocat eut le bon esprit de faire désirer la direction littéraire de cette Revue au fils aîné de monsieur Boucher, jeune homme de vingt-deux ans, très-avide de gloire, à qui les piéges et les chagrins de la manutention littéraire étaient entièrement inconnus. Albert conserva secrètement la haute main, et se fit d'Alfred Boucher un séide. Alfred fut la seule personne de Besançon avec laquelle se familiarisa le roi du barreau. Alfred venait conférer le matin dans le jardin avec Albert sur les matières de la livraison. Il est inutile de dire que le numéro d'essai contint une Méditation d'Alfred qui eut l'approbation de Savaron. Dans sa conversation avec Alfred, Albert laissait échapper de grandes idées, des sujets d'articles dont profitait le jeune Boucher. Aussi le fils du négociant croyait-il exploiter ce grand homme ! Albert était un homme de génie, un profond politique pour Alfred. Les négociants, enchantés du succès de la Revue, n'eurent à verser que trois dixièmes de leurs actions. Encore deux cents abonnements, la Revue allait donner cinq pour cent de dividende à ses actionnaires, la rédaction n'étant pas payée. Cette rédaction était impayable.

Au troisième numéro, la Revue avait obtenu l'échange avec tous les journaux de France qu'Albert lut alors chez lui. Ce troisième numéro contenait une Nouvelle, signée A. S., et attribuée au fameux avocat.

Malgré le peu d'attention que la haute société de Besançon accordait à cette Revue accusée de libéralisme, il fut question chez madame de Chavoncourt, au milieu de l'hiver, de cette première Nouvelle éclose dans la Comté.

– Mon père, dit Philomène, il se fait une Revue à Besançon, tu devrais bien t'y abonner et la garder chez toi, car maman ne me la laisserait pas lire, mais tu me la prêteras.

Empressé d'obéir à sa chère Philomène, qui depuis cinq mois lui donnait des preuves de tendresse, monsieur de Watteville alla prendre lui-même un abonnement d'un an à la Revue de l'Est, et prêta les quatre numéros parus à sa fille. Pendant la nuit Philomène put dévorer cette Nouvelle, la première qu'elle lut de sa vie ; mais elle ne se sentait vivre que depuis deux mois ! Aussi ne faut-il pas juger de l'effet que cette œuvre dut produire sur elle d'après les données ordinaires. Sans rien préjuger du plus ou du moins de mérite de cette composition due à un Parisien qui apportait en province la manière, l'éclat, si vous voulez, de la nouvelle école littéraire, elle ne pouvait point ne pas être un chef-d'œuvre pour une jeune personne livrant sa vierge intelligence, son cœur pur à un premier ouvrage de ce genre. D'ailleurs, sur ce qu'elle en avait entendu dire, Philomène s'était fait, par intuition, une idée qui rehaussait singulièrement la valeur de cette Nouvelle. Elle espérait y trouver les sentiments et peut-être quelque chose de la vie d'Albert. Dès les premières pages, cette opinion prit chez elle une si grande consistance, qu'après avoir achevé ce fragment, elle eut la certitude de ne pas se tromper. Voici donc cette confidence où, selon les critiques du salon Chavoncourt, Albert aurait imité quelques-uns des écrivains modernes qui, faute d'invention, racontent leurs propres joies, leurs propres douleurs ou les événements mystérieux de leur existence.

L'AMBITIEUX PAR AMOUR.

En 1823, deux jeunes gens qui s'étaient donné pour thème de voyage de parcourir la Suisse, partirent de Lucerne par une belle matinée du mois de juillet, sur un bateau que conduisaient trois rameurs, et allaient à Fluelen en se promettant de s'arrêter sur le lac des Quatre-Cantons à tous les lieux célèbres. Les paysages qui de Lucerne à Fluelen environnent les eaux, présentent toutes les combinaisons que l'imagination la plus exigeante peut demander aux montagnes et aux rivières, aux lacs et aux rochers, aux ruisseaux et à la verdure, aux arbres et aux torrents. C'est tantôt d'austères solitudes et de gracieux promontoires, des vallées coquettes et fraîches, des forêts placées comme un panache sur le granit taillé droit, des baies solitaires et fraîches qui s'ouvrent, des vallées dont les trésors apparaissent embellies par le lointain des rêves.

En passant devant le charmant bourg de Gersau, l'un des deux amis regarda longtemps une maison en bois qui paraissait construite depuis peu de temps, entourée d'un palis, assise sur un promontoire et presque baignée par les eaux. Quand le bateau passa devant, une tête de femme s'éleva du fond de la chambre qui se trouvait au dernier étage de cette maison, pour jouir de l'effet du bateau sur le lac. L'un des jeunes gens reçut le coup d'œil jeté très-indifféremment par l'inconnue.

– Arrêtons-nous ici, dit-il à son ami, nous voulions faire de Lucerne notre quartier-général pour visiter la Suisse, tu ne trouveras pas mauvais, Léopold, que je change d'avis, et que je reste ici à garder les manteaux. Tu feras donc tout ce que tu voudras, moi mon voyage est fini. Mariniers, virez de bord, et descendez-nous à ce village, nous allons y déjeuner. J'irai chercher à Lucerne tous nos bagages et tu sauras avant de partir d'ici, dans quelle maison je me logerai, pour m'y retrouver à ton retour.

– Ici ou à Lucerne, dit Léopold, il n'y a pas assez de différence pour que je ne t'empêche d'obéir à un caprice.

Ces deux jeunes gens étaient deux amis dans la véritable acception du mot. Ils avaient le même âge, leurs études s'étaient faites dans le même collége ; et après avoir fini leur Droit, ils employaient les vacances au classique voyage de la Suisse. Par un effet de la volonté paternelle, Léopold était déjà promis à l'Etude d'un notaire à Paris. Son esprit de rectitude, sa douceur, le calme de ses sens et de son intelligence garantissaient sa docilité. Léopold se voyait notaire à Paris : sa vie était devant lui comme un de ces grands chemins qui traversent une plaine de France, il l'embrassait dans toute son étendue avec une résignation pleine de philosophie.

Le caractère de son compagnon, que nous appellerons Rodolphe, offrait avec le sien un contraste dont l'antagonisme avait sans doute eu pour résultat de resserrer les liens qui les unissaient. Rodolphe était le fils naturel d'un grand seigneur qui fut surpris par une mort prématurée sans avoir pu faire de dispositions pour assurer des moyens d'existence à une femme tendrement aimée et à Rodolphe. Ainsi trompée par un coup du sort, la mère de Rodolphe avait eu recours à un moyen héroïque. Elle vendit tout ce qu'elle tenait de la munificence du père de son enfant, fit une somme de cent et quelque mille francs, la plaça sur sa propre tête en viager, à un taux considérable, et se composa de cette manière un revenu d'environ quinze mille francs, en prenant la résolution de tout consacrer à l'éducation de son fils afin de le douer des avantages personnels les plus propres à faire fortune, et de lui réserver à force d'économies un capital à l'époque de sa majorité. C'était hardi, c'était compter sur sa propre vie ; mais sans cette hardiesse, il eût été sans doute impossible à cette bonne mère de vivre, d'élever convenablement cet enfant, son seul espoir, son avenir, et l'unique source de ses jouissances. Né d'une des plus charmantes Parisiennes et d'un homme remarquable de l'aristocratie brabançonne, fruit d'une passion égale et partagée, Rodolphe fut affligé d'une excessive sensibilité. Dès son enfance, il avait manifesté la plus grande ardeur en toute chose. Chez lui, le Désir devint une force supérieure et le mobile de tout l'être, le stimulant de l'imagination, la raison de ses actions. Malgré les efforts d'une mère spirituelle, qui s'effraya dès qu'elle s'aperçut d'une pareille prédisposition, Rodolphe désirait comme un poëte imagine, comme un savant calcule, comme un peintre crayonne, comme un musicien formule des mélodies. Tendre comme sa mère, il s'élançait avec une violence inouïe et par la pensée vers la chose souhaitée, il dévorait le temps. En rêvant l'accomplissement de ses projets, il supprimait toujours les moyens d'exécution.

– Quand mon fils aura des enfants, disait la mère, il les voudra grands tout de suite.

Cette belle ardeur, convenablement dirigée, servit à Rodolphe à faire de brillantes études, à devenir ce que les Anglais appellent un parfait gentilhomme. Sa mère était alors fière de lui, tout en craignant toujours quelque catastrophe, si jamais une passion s'emparait de ce cœur, à la fois si tendre et si sensible, si violent et si bon. Aussi cette prudente femme avait-elle encouragé l'amitié qui liait Léopold à Rodolphe et Rodolphe à Léopold, en voyant, dans le froid et dévoué notaire, un tuteur, un confident qui pourrait jusqu'à un certain point la remplacer auprès de Rodolphe, si par malheur elle venait à lui manquer. Encore belle à quarante-trois ans, la mère de Rodolphe avait inspiré la plus vive passion à Léopold. Cette circonstance rendait les deux jeunes gens encore plus intimes.

Léopold, qui connaissait bien Rodolphe, ne fut donc pas surpris de le voir, à propos d'un regard jeté sur le haut d'une maison, s'arrêtant à un village et renonçant à l'excursion projetée au Saint-Gothard. Pendant qu'on leur préparait à déjeuner à l'auberge du Cygne, les deux amis firent le tour du village et arrivèrent dans la partie qui avoisinait la charmante maison neuve où, tout en flânant et causant avec les habitants, Rodolphe découvrit une maison de petits bourgeois disposés à le prendre en pension, selon l'usage assez général de la Suisse. On lui offrit une chambre ayant vue sur le lac, sur les montagnes, et d'où se découvrait la magnifique vue d'un de ces prodigieux détours qui recommandent le lac des Quatre-Cantons à l'admiration des touristes. Cette maison se trouvait séparée par un carrefour et par un petit port, de la maison neuve où Rodolphe avait entrevu le visage de sa belle inconnue.

Pour cent francs par mois, Rodolphe n'eut à penser à aucune des choses nécessaires à la vie. Mais en considération des frais que les époux Stopfer se proposaient de faire, ils demandèrent le paiement du troisième mois d'avance. Pour peu que vous frottiez un Suisse, il reparaît un usurier. Après le déjeuner, Rodolphe s'installa sur-le-champ en déposant dans sa chambre ce qu'il avait emporté d'effets pour son excursion au Saint-Gothard, et il regarda passer Léopold qui, par esprit d'ordre, allait s'acquitter de l'excursion pour le compte de Rodolphe et pour le sien. Quand Rodolphe assis sur une roche tombée en avant du bord ne vit plus le bateau de Léopold, il examina, mais en dessous, la maison neuve en espérant apercevoir l'inconnue. Hélas ! il rentra sans que la maison eût donné signe de vie. Au dîner que lui offrirent monsieur et madame Stopfer, anciens tonneliers à Neufchâtel, il les questionna sur les environs, et finit par apprendre tout ce qu'il voulait savoir sur l'inconnue, grâce au bavardage de ses hôtes qui vidèrent, sans se faire prier, le sac aux commérages.

L'inconnue s'appelait Fanny Lovelace. Ce nom, qui se prononce Loveless, appartient à de vieilles familles anglaises ; mais Richardson en a fait une création dont la célébrité nuit à toute autre. Miss Lovelace était venue s'établir sur le lac pour la santé de son père, à qui les médecins avaient ordonné l'air du canton de Lucerne. Ces deux Anglais, arrivés sans autre domestique qu'une petite fille de quatorze ans, très-attachée à miss Fanny, une petite muette qui la servait avec intelligence, s'étaient arrangés, avant l'hiver dernier, avec monsieur et madame Bergmann, anciens jardiniers en chef de Son Excellence le comte Borroméo à l'isola Bella et à l'isola Madre, sur le lac Majeur. Ces Suisses, riches d'environ mille écus de rentes, louaient l'étage supérieur de leur maison aux Lovelace à raison de deux cents francs par an pour trois ans. Le vieux Lovelace, vieillard nonagénaire très-cassé, trop pauvre pour se permettre certaines dépenses, sortait rarement ; sa fille travaillait pour le faire vivre en traduisant, disait-on, des livres anglais et faisant elle-même des livres. Aussi les Lovelace n'osaient-ils ni louer de bateaux pour se promener sur le lac, ni chevaux, ni guides pour visiter les environs. Un dénûment qui exige de pareilles privations excite d'autant plus la compassion des Suisses, qu'ils y perdent une occasion de gain. La cuisinière de la maison nourrissait ces trois Anglais à raison de cent francs par mois tout compris. Mais on croyait dans tout Gersau que les anciens jardiniers, malgré leurs prétentions à la bourgeoisie, se cachaient sous le nom de leur cuisinière pour réaliser les bénéfices de ce marché. Les Bergmann s'étaient créé d'admirables jardins et une serre magnifique autour de leur habitation. Les fleurs, les fruits, les raretés botaniques de cette habitation avaient déterminé la jeune miss à la choisir à son passage à Gersau. On donnait dix-neuf ans à miss Fanny qui, le dernier enfant de ce vieillard, devait être adulée par lui. Il n'y avait pas plus de deux mois, elle s'était procuré un piano à loyer, venu de Lucerne, car elle paraissait folle de musique.

— Elle aime les fleurs et la musique, pensa Rodolphe, et elle est à marier ? quel bonheur !

Le lendemain, Rodolphe fit demander la permission de visiter les serres et les jardins qui commençaient à jouir d'une certaine célébrité. Cette permission ne fut pas immédiatement accordée. Ces anciens jardiniers demandèrent, chose étrange ! à voir le passeport de Rodolphe qui l'envoya sur-le-champ. Le passeport ne lui fut renvoyé que le lendemain par la cuisinière, qui lui fit part du plaisir que ses maîtres auraient à lui montrer leur établissement. Rodolphe n'alla pas chez les Bergmann sans un certain tressaillement que connaissent seuls les gens à émotions vives, et qui déploient dans un moment autant de passion que certains hommes en dépensent pendant toute leur vie. Mis avec recherche pour plaire aux anciens jardiniers des îles Borromées, car il vit en eux les gardiens de son trésor, il parcourut les jardins en regardant de temps en temps la maison, mais avec prudence : les deux vieux propriétaires lui témoignaient une assez visible défiance. Mais son attention fut bientôt excitée par la petite Anglaise muette en qui sa sagacité, quoique jeune encore, lui fit reconnaître une fille de l'Afrique, ou tout au moins une Sicilienne. Cette petite fille avait le ton doré d'un cigare de la Havane, des yeux de feu, des paupières arméniennes à cils d'une longueur anti-britannique, des cheveux plus que noirs, et sous cette peau presque olivâtre des nerfs d'une force singulière, d'une vivacité fébrile. Elle jetait sur Rodolphe des regards inquisiteurs d'une effronterie incroyable, et suivait ses moindres mouvements.

– À qui cette petite Moresque appartient-elle ? dit-il à la respectable madame Bergmann.

– Aux Anglais, répondit monsieur Bergmann.

– Elle n'est toujours pas née en Angleterre !

– Ils l'auront peut-être amenée des Indes, répondit madame Bergmann.

– On m'a dit que la jeune miss Lovelace aimait la musique, je serais enchanté si, pendant mon séjour sur ce lac auquel me condamne une ordonnance de médecin, elle voulait me permettre de faire de la musique avec elle…

– Ils ne reçoivent et ne veulent voir personne, dit le vieux jardinier.

Rodolphe se mordit les lèvres, et sortit sans avoir été invité à entrer dans la maison, ni avoir été conduit dans la partie du jardin qui se trouvait entre la façade et le bord du promontoire. De ce côté, la maison avait au-dessus du premier étage une galerie en bois couverte par le toit dont la saillie était excessive, comme celle des couvertures de chalet, et qui tournait sur les quatre côtés du bâtiment, à la mode suisse. Rodolphe avait beaucoup loué cette élégante disposition et vanté la vue de cette galerie, mais ce fut en vain. Quand il eut salué les Bergmann, il se trouva sot vis-à-vis de lui-même, comme tout homme d'esprit et d'imagination trompé par l'insuccès d'un plan à la réussite duquel il a cru.

Le soir, il se promena naturellement en bateau sur le lac, autour de ce promontoire, il alla jusqu'à Brünnen, à Schwitz, et revint à la nuit tombante. De loin il aperçut la fenêtre ouverte et fortement éclairée, il put entendre les sons du piano et les accents d'une voix délicieuse. Aussi fit-il arrêter afin de s'abandonner au charme d'écouter un air italien divinement chanté. Quand le chant eut cessé, Rodolphe aborda, renvoya la barque et les deux bateliers. Au risque de se mouiller les pieds, il vint s'asseoir sous le banc de granit rongé par les eaux que couronnait une forte haie d'acacias épineux, et le long de laquelle s'étendait, dans le jardin Bergmann, une allée de jeunes tilleuls. Au bout d'une heure, il entendit parler et marcher au-dessous de sa tête, mais les mots qui parvinrent à son oreille étaient tous italiens et prononcés par deux voix de femmes, deux jeunes femmes. Il profita du moment où les deux interlocutrices se trouvaient à une extrémité pour se glisser à l'autre sans bruit. Après une demi-heure d'efforts, il atteignit au bout de l'allée et put, sans être aperçu ni entendu, prendre une position d'où il verrait les deux femmes sans être vu par elles quand elles viendraient à lui. Quel ne fut pas l'étonnement de Rodolphe en reconnaissant la petite muette pour une des deux femmes, elle parlait en italien avec miss Lovelace. Il était alors onze heures du soir. Le calme était si grand sur le lac et autour de l'habitation, que ces deux femmes devaient se croire en sûreté : dans tout Gersau il n'y avait que leurs yeux qui pussent être ouverts. Rodolphe pensa que le mutisme de la petite était une ruse nécessaire. À la manière dont se parlait l'italien, Rodolphe devina que c'était la langue maternelle de ces deux femmes, il en conclut que la qualité d'Anglais cachait une ruse.

— C'est des Italiens réfugiés, se dit-il, des proscrits qui sans doute ont à craindre la police de l'Autriche ou de la Sardaigne. La jeune fille attend la nuit pour pouvoir se promener et causer en toute sûreté.

Aussitôt il se coucha le long de la haie et rampa comme un serpent pour trouver un passage entre deux racines d'acacia. Au risque d'y laisser son habit ou de se faire de profondes blessures au dos, il traversa la haie quand la prétendue miss Fanny et sa prétendue muette furent à l'autre extrémité de l'allée ; puis quand elles arrivèrent à vingt pas de lui sans le voir, car il se trouvait dans l'ombre de la haie alors fortement éclairée par la lueur de la lune, il se leva brusquement.

– Ne craignez rien, dit-il en français à l'Italienne, je ne suis pas un espion. Vous êtes des réfugiés, je l'ai deviné. Moi, je suis un Français qu'un seul de vos regards a cloué à Gersau.

Rodolphe, atteint par la douleur que lui causa un instrument d'acier en lui déchirant le flanc, tomba terrassé.

– Nel lago con pietra, dit la terrible muette.

– Ah ! Gina, s'écria l'Italienne.

– Elle m'a manqué, dit Rodolphe en retirant de la plaie un stylet qui s'était heurté contre une fausse côte ; mais, un peu plus haut, il allait au fond de mon cœur. J'ai eu tort, Francesca, dit-il en se souvenant du nom que la petite Gina avait plusieurs fois prononcé, je ne lui en veux pas, ne la grondez point : le bonheur de vous parler vaut bien un coup de stylet ! seulement, montrez-moi le chemin, il faut que je regagne la maison Stopfer. Soyez tranquilles, je ne dirai rien.

Francesca, revenue de son étonnement, aida Rodolphe à se relever, et dit quelques mots à Gina dont les yeux s'emplirent de larmes. Les deux femmes forcèrent Rodolphe à s'asseoir sur un banc, à quitter son habit, son gilet, sa cravate. Gina ouvrit la chemise et suça fortement la plaie. Francesca qui les avait quittés, revint avec un large morceau de taffetas d'Angleterre, et l'appliqua sur la blessure.

– Vous pourrez aller ainsi jusqu'à votre maison, reprit-elle.

Chacune d'elles s'empara d'un bras, et Rodolphe fut conduit à une petite porte dont la clef se trouvait dans la poche du tablier de Francesca.

– Gina parle-t-elle français ? dit Rodolphe à Francesca.

– Non. Mais ne vous agitez pas, dit Francesca d'un petit ton d'impatience.

– Laissez-moi vous voir, répondit Rodolphe avec attendrissement, car peut-être serai-je longtemps sans pouvoir venir…

Il s'appuya sur un des poteaux de la petite porte et contempla la belle Italienne, qui se laissa regarder pendant un instant par le plus beau silence et par la plus belle nuit qui jamais ait éclairé ce lac, le roi des lacs suisses. Francesca était bien l'Italienne classique, et telle que l'imagination veut, fait ou rêve, si vous voulez, les Italiennes. Ce qui saisit tout d'abord Rodolphe, ce fut l'élégance et la grâce de la taille dont la vigueur se trahissait malgré son apparence frêle, tant elle était souple. Une pâleur d'ambre répandue sur la figure accusait un intérêt subit, mais qui n'effaçait pas la volupté de deux yeux humides et d'un noir velouté. Deux mains, les plus belles que jamais sculpteur grec ait attachées au bras poli d'une statue, tenaient le bras de Rodolphe ; et leur blancheur tranchait sur le noir de l'habit. L'imprudent Français ne put qu'entrevoir la forme ovale un peu longue du visage dont la bouche attristée, entr'ouverte, laissait voir des dents éclatantes entre deux larges lèvres fraîches et colorées. La beauté des lignes de ce visage garantissait à Francesca la durée de cette splendeur ; mais ce qui frappa le plus Rodolphe fut l'adorable laisser-aller, la franchise italienne de cette femme qui s'abandonnait entièrement à sa compassion.

Francesca dit un mot à Gina, qui donna son bras à Rodolphe jusqu'à la maison Stopfer et se sauva comme une hirondelle quand elle eut sonné.

– Ces patriotes n'y vont pas de main morte ! se disait Rodolphe en sentant ses souffrances quand il se trouva seul dans son lit. Nel lago ! Gina m'aurait jeté dans le lac avec une pierre au cou !

Au jour, il envoya chercher à Lucerne le meilleur chirurgien ; et quand il fut venu, il lui recommanda le plus profond secret en lui faisant entendre que l'honneur l'exigeait. Léopold revint de son excursion le jour où son ami quittait le lit. Rodolphe lui fit un conte et le chargea d'aller à Lucerne chercher les bagages et leurs lettres. Léopold apporta la plus funeste, la plus horrible nouvelle : la mère de Rodolphe était morte. Pendant que les deux amis allaient de Bâle à Lucerne, la fatale lettre, écrite par le père de Léopold, y était arrivée le jour de leur départ pour Fuelen. Malgré les précautions que prit Léopold, Rodolphe fut saisi par une fièvre nerveuse. Dès que le futur notaire vit son ami hors de danger, il partit pour la France muni d'une procuration. Rodolphe put ainsi rester à Gersau, le seul lieu du monde où sa douleur pouvait se calmer. La situation du jeune Français, son désespoir et les circonstances qui rendaient cette perte plus affreuse pour lui que pour tout autre, furent connues et attirèrent sur lui la compassion et l'intérêt de tout Gersau. Chaque matin la fausse muette vint voir le Français afin de donner des nouvelles à sa maîtresse.

Quand Rodolphe put sortir, il alla chez les Bergmann remercier miss Fanny Lovelace et son père de l'intérêt qu'ils lui avaient témoigné. Pour la première fois depuis son établissement chez les Bergmann, le vieil Italien laissa pénétrer un étranger dans son appartement où Rodolphe fut reçu avec une cordialité due et à ses malheurs et à sa qualité de Français qui excluait toute défiance. Francesca se montra si belle aux lumières pendant la première soirée, qu'elle fit entrer un rayon dans ce cœur abattu. Ses sourires jetèrent les roses de l'espérance sur ce deuil. Elle chanta, non point des airs gais, mais de graves et sublimes mélodies appropriées à l'état du cœur de Rodolphe qui remarqua ce soin touchant. Vers huit heures, le vieillard laissa ces deux jeunes gens seuls sans aucune apparence de crainte, et se retira chez lui. Quand Francesca fut fatiguée de chanter, elle amena Rodolphe sous la galerie extérieure, d'où se découvrait le sublime spectacle du lac, et lui fit signe de s'asseoir près d'elle sur un banc de bois rustique.

— Y a-t-il de l'indiscrétion à vous demander votre âge, cara Francesca ? fit Rodolphe.

— Dix-neuf ans, répondit-elle, mais passés.

— Si quelque chose au monde pouvait atténuer ma douleur, ce serait, reprit-il, l'espoir de vous obtenir de votre père, en quelque situation de fortune que vous soyez, belle comme vous êtes, vous me paraissez plus riche que ne le serait la fille d'un prince. Aussi tremblé-je en vous faisant l'aveu des sentiments que vous m'avez inspirés ; mais ils sont profonds, ils sont éternels.

— Zitto ! fit Francesca en mettant un des doigts de sa main droite, sur ses lèvres. N'allez pas plus loin : je ne suis pas libre, je suis mariée, depuis trois ans…

Un profond silence régna pendant quelques instants entre eux. Quand l'Italienne, effrayée de la pose de Rodolphe, s'approcha de lui, elle le trouva tout à fait évanoui.

— Povero ! se dit-elle, moi qui le trouvais froid.

Elle alla chercher des sels, et ranima Rodolphe en les lui faisant respirer.

— Mariée ! dit Rodolphe en regardant Francesca. Ses larmes coulèrent alors en abondance.

— Enfant, dit-elle, il y a de l'espoir. Mon mari a…

— Quatre-vingts ans ?… dit Rodolphe.

— Non, répondit-elle en souriant, soixante-cinq. Il s'est fait un masque de vieillard pour déjouer la police.

— Chère, dit Rodolphe, encore quelques émotions de ce genre et je mourrais… Après vingt années de connaissance seulement, vous saurez quelle est la force et la puissance de mon cœur, de quelle nature sont ses aspirations vers le bonheur. Cette plante ne monte pas avec plus de vivacité pour s'épanouir aux rayons du soleil, dit-il en montrant un jasmin de Virginie qui enveloppait la balustrade, que je ne me suis attaché depuis un mois à vous. Je vous aime d'un amour unique. Cet amour sera le principe secret de ma vie, et j'en mourrai peut-être !

— Oh ! Français, Français ! fit-elle en commentant son exclamation par une petite moue d'incrédulité.

— Ne faudra-t-il pas vous attendre, vous recevoir des mains du Temps ? reprit-il avec gravité. Mais, sachez-le : si vous êtes sincère dans la parole qui vient de vous échapper, je vous attendrai fidèlement sans laisser aucun autre sentiment croître dans mon cœur.

Elle le regarda sournoisement.

— Rien, dit-il, pas même une fantaisie. J'ai ma fortune à faire, il vous en faut une splendide, la nature vous a créée princesse…

À ce mot, Francesca ne put retenir un faible sourire qui donna l'expression la plus ravissante à son visage, quelque chose de fin comme ce que le grand Léonard a si bien peint dans la Joconde. Ce sourire fit faire une pause à Rodolphe.

– … Oui, reprit-il, vous devez souffrir du dénûment auquel vous réduit l'exil. Ah ! si vous voulez me rendre heureux entre tous les hommes, et sanctifier mon amour, vous me traiterez en ami. Ne dois-je pas être votre ami aussi ? Ma pauvre mère m'a laissé soixante mille francs d'économies, prenez-en la moitié ?

Francesca le regarda fixement. Ce regard perçant alla jusqu'au fond de l'âme de Rodolphe.

– Nous n'avons besoin de rien, mes travaux suffisent à notre luxe, répondit-elle d'une voix grave.

– Puis-je souffrir qu'une Francesca travaille ? s'écria-t-il. Un jour vous reviendrez dans votre pays, et vous y retrouverez ce que vous y avez laissé… De nouveau la jeune Italienne regarda Rodolphe… Et vous me rendrez ce que vous aurez daigné m'emprunter, ajouta-t-il avec un regard plein de délicatesse.

– Laissons ce sujet de conversation, dit-elle avec une incomparable noblesse de geste, de regard et d'attitude. Faites une brillante fortune, soyez un des hommes remarquables de votre pays, je le veux. L'illustration est un pont-volant qui peut servir à franchir un abîme. Soyez ambitieux, il le faut. Je vous crois de hautes et de puissantes facultés ; mais servez-vous-en plus pour le bonheur de l'humanité que pour me mériter : vous en serez plus grand à mes yeux.

Dans cette conversation qui dura deux heures, Rodolphe découvrit en Francesca l'enthousiasme des idées libérales et ce culte de la liberté qui avait fait la triple révolution de Naples, du Piémont et d'Espagne. En sortant, il fut conduit jusqu'à la porte par Gina, la fausse muette. À onze heures, personne ne rôdait dans ce village, aucune indiscrétion n'était à craindre, Rodolphe attira Gina dans un coin, et lui demanda tout bas en mauvais italien : – Qui sont tes maîtres, mon enfant ? dis-le moi, je te donnerai cette pièce d'or toute neuve.

– Monsieur, répondit l'enfant en prenant la pièce, monsieur est le fameux libraire Lamporani de Milan, l'un des chefs de la révolution, et le conspirateur que l'Autriche désire le plus tenir au Spielberg.

– La femme d'un libraire !… Eh ! tant mieux, pensa-t-il, nous sommes de plain-pied.

– De quelle famille est-elle ? reprit-il, car elle a l'air d'une reine.

– Toutes les Italiennes sont ainsi, répondit fièrement Gina. Le nom de son père est Colonna.

Enhardi par l'humble condition de Francesca, Rodolphe fit mettre un tendelet à sa barque et des coussins à l'arrière. Quand ce changement fut opéré, l'amoureux vint proposer à Francesca de se promener sur le lac. L'Italienne accepta, sans doute pour jouer son rôle de jeune miss aux yeux du village ; mais elle emmena Gina. Les moindres actions de Francesca Colonna trahissaient une éducation supérieure et le plus haut rang social. À la manière dont s'assit l'Italienne au bout de la barque, Rodolphe se sentit en quelque sorte séparé d'elle ; et devant l'expression d'une vraie fierté de noble, sa familiarité préméditée tomba. Par un regard, Francesca se fit princesse avec tous les privilèges dont elle eût joui au Moyen-Âge. Elle semblait avoir deviné les secrètes pensées de ce vassal qui avait l'audace de se constituer son protecteur. Déjà, dans l'ameublement du salon où Francesca l'avait reçu, dans sa toilette et dans les petites choses qui lui servaient, Rodolphe avait reconnu les indices d'une nature élevée et d'une haute fortune. Toutes ces observations lui revinrent à la fois dans la mémoire, et il devint rêveur après avoir été pour ainsi dire refoulé par la dignité de Francesca. Gina, cette confidente à peine adolescente, semblait elle-même avoir un masque railleur en regardant Rodolphe en dessous ou de côté. Ce visible désaccord entre la condition de l'Italienne et ses manières fut une nouvelle énigme pour Rodolphe, qui soupçonna quelqu'autre ruse semblable au faux mutisme de Gina.

– Où voulez-vous aller ? signora Lamporani, dit-il.

– Vers Lucerne, répondit en français Francesca.

– Bon ! pensa Rodolphe, elle n'est pas étonnée de m'entendre lui dire son nom, elle avait sans doute prévu ma demande à Gina, la rusée ! – Qu'avez-vous contre moi ? dit-il en venant enfin s'asseoir près d'elle et lui demandant par un geste une main que Francesca retira. Vous êtes froide et cérémonieuse ; en style de conversation, nous dirions cassante.

– C'est vrai, répliqua-t-elle en souriant. J'ai tort. Ce n'est pas bien. C'est bourgeois. Vous diriez en français ce n'est pas artiste. Il vaut mieux s'expliquer que de garder contre un ami des pensées hostiles ou froides, et vous m'avez prouvé déjà votre amitié. Peut-être suis-je allée trop loin avec vous. Vous avez dû me prendre pour une femme très-ordinaire… Rodolphe multiplia des signes de dénégation. – … Oui, dit cette femme de libraire en continuant sans tenir compte de la pantomime qu'elle voyait bien d'ailleurs. Je m'en suis aperçue, et naturellement je reviens sur moi-même. Eh ! bien je terminerai tout par quelques paroles d'une profonde vérité. Sachez-le bien, Rodolphe : je sens en moi la force d'étouffer un sentiment qui ne serait pas en harmonie avec les idées ou la prescience que j'ai du véritable amour. Je puis aimer comme nous savons aimer en Italie ; mais je connais mes devoirs : aucune ivresse ne peut me les faire oublier. Mariée sans mon consentement à ce pauvre vieillard, je pourrais user de la liberté qu'il me laisse avec tant de générosité ; mais trois ans de mariage équivalent à une acceptation de la loi conjugale. Aussi la plus violente passion ne me ferait-elle pas émettre, même involontairement, le désir de me trouver libre. Emilio connaît mon caractère. Il sait que, hors mon cœur qui m'appartient et que je puis livrer, je ne me permettrais pas de laisser prendre ma main. Voilà pourquoi je viens de vous la refuser. Je veux être aimée, attendue avec fidélité, noblesse, ardeur, en ne pouvant accorder qu'une tendresse infinie dont l'expression ne dépassera point l'enceinte du cœur, le terrain permis. Toutes ces choses bien comprises... oh ! reprit-elle avec un geste de jeune fille, je vais redevenir coquette, rieuse, folle comme un enfant qui ne connaît pas le danger de la familiarité.

Cette déclaration si nette, si franche fut faite d'un ton, d'un accent et accompagnée de regards qui lui donnèrent la plus grande profondeur de vérité.

— Une princesse Colonna n'aurait pas mieux parlé, dit Rodolphe en souriant.

— Est-ce, répliqua-t-elle avec un air de hauteur, un reproche sur l'humilité de ma naissance ? Faut-il un blason à votre amour ? À Milan, les plus beaux noms : Sforza, Canova, Visconti, Trivulzio, Ursini sont écrits au-dessus des boutiques, il y a des Archinto apothicaires ; mais croyez que, malgré ma condition de boutiquière, j'ai les sentiments d'une duchesse.

— Un reproche ? non, madame, j'ai voulu vous faire un éloge...

— Par une comparaison ?... dit-elle avec finesse.

— Ah ! sachez-le, reprit-il, afin de ne plus me tourmenter si mes paroles peignaient mal mes sentiments, mon amour est absolu, il comporte une obéissance et un respect infinis.

Elle inclina la tête en femme satisfaite et dit : — Monsieur accepte alors le traité ?

— Oui, dit-il. Je comprends que, dans une puissante et riche organisation de femme, la faculté d'aimer ne saurait se perdre, et que, par délicatesse, vous vouliez la restreindre. Ah ! Francesca, une tendresse partagée, à mon âge et avec une femme aussi sublime, aussi royalement belle que vous l'êtes, mais c'est voir tous mes désirs comblés. Vous aimer comme vous voulez être aimée, n'est ce pas pour un jeune homme se préserver de toutes les folies mauvaises ? n'est-ce pas employer ses forces dans une noble passion de laquelle on peut être fier plus tard, et qui ne donne que de beaux souvenirs ?... Si vous saviez de quelles couleurs, de quelle poésie vous venez de revêtir la chaîne du Pilate, le Rhigi, et ce magnifique bassin…

– Je veux le savoir, dit-elle.

– Hé ! bien, cette heure rayonnera sur toute ma vie, comme un diamant au front d'une reine.

Pour toute réponse, Francesca posa sa main sur celle de Rodolphe.

– Oh ! chère, à jamais chère, dites, vous n'avez jamais aimé ?

– Jamais !

– Et vous me permettez de vous aimer noblement, en attendant tout du ciel ?

Elle inclina doucement la tête. Deux grosses larmes roulèrent sur les joues de Rodolphe.

– Hé ! bien, qu'avez-vous ? dit-elle en quittant son rôle d'impératrice.

– Je n'ai plus ma mère pour lui dire combien je suis heureux, elle a quitté cette terre sans voir ce qui eût adouci son agonie…

– Quoi ? fit-elle.

— Sa tendresse remplacée par une tendresse égale.

— Povero mio, s'écria l'Italienne attendrie. C'est, croyez-moi, reprit-elle après une pause, une bien douce chose et un bien grand élément de fidélité pour une femme que de se savoir tout sur la terre pour celui qu'elle aime, de le voir seul, sans famille, sans rien dans le cœur que son amour, enfin de l'avoir bien tout entier.

Quand deux amants se sont entendus ainsi, le cœur éprouve une délicieuse quiétude, une sublime tranquillité. La certitude est la base que veulent les sentiments humains, car elle ne manque jamais au sentiment religieux : l'homme est toujours certain d'être payé de retour par Dieu. L'amour ne se croit en sûreté que par cette similitude avec l'amour divin. Aussi faut-il les avoir pleinement éprouvées pour comprendre les voluptés de ce moment, toujours unique dans la vie : il ne revient pas plus que ne reviennent les émotions de la jeunesse. Croire à une femme, faire d'elle sa religion humaine, le principe de sa vie, la lumière secrète de ses moindres pensées !... n'est-ce pas une seconde naissance ? Un jeune homme mêle alors à son amour un peu de celui qu'il a pour sa mère. Rodolphe et Francesca gardèrent pendant quelque temps le plus profond silence, se répondant par des regards amis et pleins de pensées. Ils se comprenaient au milieu d'un des plus beaux spectacles de la nature, dont les magnificences expliquées par celles de leurs cœurs, les aidaient à se graver dans leurs mémoires les plus fugitives impressions de cette heure unique. Il n'y avait pas eu l'ombre de coquetterie dans la conduite de Francesca. Tout en était large, plein, sans arrière-pensée. Cette grandeur frappa vivement Rodolphe, qui reconnaissait en ceci la différence qui distingue l'Italienne de la Française. Les eaux, la terre, le ciel, la femme, tout fut donc grandiose et suave, même leur amour, au milieu de ce tableau vaste dans son ensemble, riche dans ses détails, et où l'âpreté des cimes neigeuses, leurs plis raides nettement détachés sur l'azur rappelaient à Rodolphe les conditions dans lesquelles devait se renfermer son bonheur : un riche pays cerclé de neige.

Cette douce ivresse de l'âme devait être troublée. Une barque venait de Lucerne ; Gina, qui depuis quelque temps la regardait avec attention, fit un geste de joie en restant fidèle à son rôle de muette. La barque approchait, et quand enfin Francesca put y distinguer les figures : – Tito ! s'écria-t-elle en apercevant un jeune homme. Elle se leva debout au risque de se noyer, et cria : – Tito ! Tito ! en agitant son mouchoir. Tito donna l'ordre à ses bateliers de nager, et les deux barques se mirent sur la même ligne. L'Italienne et l'Italien parlèrent avec une si grande vivacité, dans un dialecte si peu connu d'un homme qui savait à peine l'italien des livres, et n'était pas allé en Italie, que Rodolphe ne put rien entendre ni deviner de cette conversation. La beauté de Tito, la familiarité de Francesca, l'air de joie de Gina, tout le chagrinait. D'ailleurs il n'est pas d'amoureux qui ne soit mécontent de se voir quitter pour quoi que ce soit. Tito jeta vivement un petit sac de peau, sans doute plein d'or, à Gina, puis un paquet de lettres à Francesca qui se mit à les lire en faisant un geste d'adieu à Tito.

– Retournez promptement à Gersau, dit-elle aux bateliers. Je ne veux pas laisser languir mon pauvre Emilio dix minutes de trop.

– Que vous arrive-t-il ? demanda Rodolphe quand il vit l'Italienne achevant sa dernière lettre.

– La liberta ! fit-elle avec un enthousiasme d'artiste.

– E denaro ! répondit comme un écho Gina qui pouvait enfin parler.

– Oui, reprit Francesca, plus de misère ! Voici plus de onze mois que je travaille, et je commençais à m'ennuyer. Je ne suis décidément pas une femme littéraire.

– Quel est ce Tito ? fit Rodolphe.

– Le secrétaire d'état au département des finances de la pauvre boutique de Colonna, autrement dit le fils de notre ragyionato. Pauvre garçon ! il n'a pu venir par le Saint-Gothard, ni par le Mont-Cenis, ni par le Simplon : il est venu par mer, par Marseille, il a dû traverser la France. Enfin, dans trois semaines, nous serons à Genève, et nous y vivrons à l'aise. Allons, Rodolphe, dit-elle en voyant la tristesse se peindre sur le visage du Parisien, le lac de Genève ne vaudra-t-il pas bien le lac des Quatre-Cantons ?...

– Permettez-moi d'accorder un regret à cette délicieuse maison Bergmann, dit Rodolphe en montrant le promontoire.

– Vous viendrez dîner avec nous, pour y multiplier vos souvenirs, povero mio, dit-elle. C'est fête aujourd'hui, nous ne sommes plus en danger. Ma mère me dit que dans un an, peut-être, nous serons amnistiés. Oh ! la cara patria...

Ces trois mots firent pleurer Gina qui dit : – Encore un hiver, je serais morte ici !

– Pauvre petite chèvre de Sicile ! fit Francesca en passant sa main sur la tête de Gina par un geste et avec une affection qui firent désirer à Rodolphe d'être ainsi caressé, quoique ce fût sans amour.

La barque abordait, Rodolphe sauta sur le sable, tendit la main à l'Italienne, la reconduisit jusqu'à la porte de la maison Bergmann, et alla s'habiller pour revenir au plus tôt.

En trouvant le libraire et sa femme assis sur la galerie extérieure, Rodolphe réprima difficilement un geste de surprise à l'aspect du prodigieux changement que la bonne nouvelle avait apporté chez le nonagénaire. Il apercevait un homme d'environ soixante ans, parfaitement conservé, un Italien sec, droit comme un i, les cheveux encore noirs, quoique rares, et laissant voir un crâne blanc, des yeux vifs, des dents au complet et blanches, un visage de César, et sur une bouche diplomatique un sourire quasi sardonique, le sourire presque faux sous lequel l'homme de bonne compagnie cache ses vrais sentiments.

– Voici mon mari sous sa forme naturelle, dit gravement Francesca.

– C'est tout-à-fait une nouvelle connaissance, répondit Rodolphe interloqué.

– Tout-à-fait, dit le libraire. J'ai joué la comédie, et sais parfaitement me grimer. Ah ! je jouais à Paris du temps de l'empire, avec Bourrienne, madame Murat, madame d'Abrantès, e tutti quanti… Tout ce qu'on s'est donné la peine d'apprendre dans sa jeunesse, et même les choses futiles nous servent. Si ma femme n'avait pas reçu cette éducation virile, un contre-sens en Italie, il m'eût fallu, pour vivre ici, devenir bûcheron. Povera Francesca ! qui m'eût dit qu'elle me nourrirait un jour ?

En écoutant ce digne libraire, si aisé, si affable et si vert, Rodolphe crut à quelque mystification et resta dans le silence observateur de l'homme dupé.

– Che avete, signor ? lui demanda naïvement Francesca. Notre bonheur vous attristerait-il ?

– Votre mari est un jeune homme, lui dit-il à l'oreille.

Elle partit d'un éclat de rire si franc, si communicatif, que Rodolphe en fut encore plus interdit.

– Il n'a que soixante-cinq ans à vous offrir, dit-elle ; mais je vous assure que c'est encore quelque chose… de rassurant.

– Je n'aime pas à vous voir plaisanter avec un amour aussi saint que celui dont les conditions ont été posées par vous.

– Zitto ! fit-elle en frappant du pied et en regardant si son mari les écoutait. Ne troublez jamais la tranquillité de ce cher homme, candide comme un enfant, et de qui je fais ce que je veux. Il est, ajouta-t-elle, sous ma protection. Si vous saviez avec quelle noblesse il a risqué sa vie et sa fortune parce que j'étais libérale ! car il ne partage pas mes opinions politiques. Est-ce aimer cela, monsieur le Français ? – Mais ils sont ainsi dans leur famille. Le frère cadet d'Emilio fut trahi par celle qu'il aimait pour un charmant jeune homme. Il s'est passé son épée au travers du cœur, et dix minutes auparavant il a dit à son valet de chambre : – Je tuerais bien mon rival ; mais cela ferait trop de chagrin à la diva.

Ce mélange de noblesse et de raillerie, de grandeur et d'enfantillage, faisait en ce moment de Francesca la créature la plus attrayante du monde. Le dîner fut, ainsi que la soirée, empreint d'une gaieté que la délivrance des deux réfugiés justifiait, mais qui contrista Rodolphe.

– Serait-elle légère ? se disait-il en regagnant la maison Stopfer. Elle a pris part à mon deuil, et moi je n'épouse pas sa joie !

Il se gronda, justifia cette femme-jeune-fille.

– Elle est sans aucune hypocrisie et s'abandonne à ses impressions…, se dit-il. Et je la voudrais comme une Parisienne.

Le lendemain et les jours suivants, pendant vingt jours enfin, Rodolphe passa tout son temps à la maison Bergmann, observant Francesca sans s'être promis de l'observer. L'admiration chez certaines âmes ne va pas sans une sorte de pénétration. Le jeune Français reconnut en Francesca la jeune fille imprudente, la nature vraie de la femme encore insoumise, se débattant par instants avec son amour, et s'y laissant aller complaisamment en d'autres moments. Le vieillard se comportait bien avec elle comme un père avec sa fille, et Francesca lui témoignait une reconnaissance profondément sentie qui réveillait en elle d'instinctives noblesses. Cette situation et cette femme présentaient à Rodolphe une énigme impénétrable, mais dont la recherche l'attachait de plus en plus.

Ces derniers jours furent remplis de fêtes secrètes, entremêlées de mélancolies, de révoltes, de querelles plus charmantes que les heures où Rodolphe et Francesca s'entendaient. Enfin, il était de plus en plus séduit par la naïveté de cette tendresse sans esprit, semblable à elle-même en toute chose, de cette tendresse jalouse d'un rien… déjà !

– Vous aimez bien le luxe ! dit-il un soir à Francesca qui manifestait le désir de quitter Gersau où beaucoup de choses lui manquaient.

– Moi ! dit-elle, j'aime le luxe comme j'aime les arts, comme j'aime un tableau de Raphaël, un beau cheval, une belle journée, ou la baie de Naples. Emilio, dit-elle, me suis-je plainte ici pendant nos jours de misère ?

– Vous n'eussiez pas été vous-même, dit gravement le vieux libraire.

– Après tout, n'est-il pas naturel à des bourgeois d'ambitionner la grandeur ? reprit-elle en lançant un malicieux coup d'œil et à Rodolphe et à son mari. Mes pieds, dit-elle en avançant deux petits pieds charmants, sont-ils faits pour la fatigue. Mes mains… Elle tendit une main à Rodolphe. Ces mains sont-elles faites pour travailler ? Laissez-nous, dit-elle à son mari : je veux lui parler.

Le vieillard rentra dans le salon avec une sublime bonhomie : il était sûr de sa femme.

– Je ne veux pas, dit-elle à Rodolphe, que vous nous accompagniez à Genève. Genève est une ville à caquetages. Quoique je sois bien au-dessus des niaiseries du monde, je ne veux pas être calomniée, non pour moi, mais pour lui. Je mets mon orgueil à être la gloire de ce vieillard, mon seul protecteur après tout. Nous partons, restez ici pendant quelques jours. Quand vous viendrez à Genève, voyez d'abord mon mari, laissez-vous présenter à moi par lui. Cachons notre inaltérable et profonde affection aux regards du monde. Je vous aime, vous le savez ; mais voici de quelle manière je vous le prouverai : vous ne surprendrez pas dans ma conduite quoi que ce soit qui puisse réveiller votre jalousie.

Elle l'attira dans le coin de la galerie, le prit par la tête, le baisa sur le front et se sauva, le laissant stupéfait.

Le lendemain, Rodolphe apprit qu'au petit jour les hôtes de la maison Bergmann étaient partis. L'habitation de Gersau lui parut dès lors insupportable, et il alla chercher Vevay par le chemin le plus long, en voyageant plus promptement qu'il ne le devait ; mais attiré par les eaux du lac où l'attendait la belle Italienne, il arriva vers la fin du mois d'octobre à Genève. Pour éviter les inconvénients de la ville, il se logea dans une maison située aux Eaux-Vives en dehors des remparts. Une fois installé, son premier soin fut de demander à son hôte, un ancien bijoutier, s'il n'était pas venu depuis peu s'établir des réfugiés italiens, des Milanais à Genève. – Non, que je sache, lui répondit son hôte. Le prince et la princesse Colonna de Rome ont loué pour trois ans la campagne de monsieur Jeanrenaud, une des plus belles du lac. Elle est située entre la Villa-Diodati et la campagne de monsieur Lafin-De-Dieu qu'a louée la vicomtesse de Beauséant. Le prince Colonne est venu là pour sa fille et pour son gendre le prince Gandolphini, un Napolitain, ou, si vous voulez, Sicilien, ancien partisan du roi Murat et victime de la dernière révolution. Voilà les derniers venus à Genève, et ils ne sont point Milanais. Il a fallu de grandes démarches et la protection que le pape accorde à la famille Colonna pour qu'on ait obtenu, des puissances étrangères et du roi de Naples, la permission pour le prince et la princesse Gandolphini de résider ici. Genève ne veut rien faire qui déplaise à la Sainte-Alliance, à qui elle doit son indépendance. Notre rôle n'est pas de fronder les Cours étrangères. Il y a beaucoup d'étrangers ici :

des Russes, des Anglais.

– Il y a même des Genevois.

– Oui, monsieur. Notre lac est si beau ! Lord Byron y a demeuré il y a sept ans environ, à la Villa-Diodati, que maintenant tout le monde va voir comme Coppet, comme Ferney.

– Vous ne pourriez pas savoir s'il est venu, depuis une semaine, un libraire de Milan et sa femme, un nommé Lamporani, l'un des chefs de la dernière révolution ?

– Je puis le savoir en allant au Cercle des Étrangers, dit l'ancien bijoutier.

La première promenade de Rodolphe eut naturellement pour objet la Villa-Diodati, cette résidence de lord Byron à laquelle la mort récente de ce grand poëte donnait encore plus d'attrait : la mort est le sacre du génie. Le chemin qui des Eaux-Vives côtoie le lac de Genève est comme toutes les routes de Suisse, assez étroit ; mais en certains endroits, par la disposition du terrain montagneux, à peine reste-t-il assez d'espace pour que deux voitures s'y croisent. À quelques pas de la maison Jeanrenaud, près de laquelle il arrivait sans le savoir, Rodolphe entendit derrière lui le bruit d'une voiture ; et, se trouvant dans une espèce de gorge, il grimpa sur la pointe d'une roche pour laisser le passage libre. Naturellement il regarda venir la voiture, une élégante calèche attelée de deux magnifiques chevaux anglais. Il lui prit un éblouissement en voyant au fond de cette calèche Francesca divinement mise, à côté d'une vieille dame, raide comme un camée. Un chasseur étincelant de dorures se tenait debout derrière. Francesca reconnut Rodolphe, et sourit de le retrouver comme une statue sur un piédestal. La voiture, que l'amoureux suivit de ses regards en gravissant la hauteur, tourna pour entrer par la porte d'une maison de campagne vers laquelle il courut.

– Qui demeure ici ? demanda-t-il au jardinier.

– Le prince et la princesse Colonne, ainsi que le prince et la princesse Gandolphini.

– N'est-ce pas elles qui rentrent ?

– Oui, monsieur.

En un moment un voile tomba des yeux de Rodolphe : il vit clair dans le passé.

– Pourvu, se dit enfin l'amoureux foudroyé, que ce soit sa dernière mystification !

Il tremblait d'avoir été le jouet d'un caprice, car il avait entendu parler de ce qu'est un capriccio pour une Italienne. Mais quel crime aux yeux d'une femme, d'avoir accepté pour une bourgeoise, une princesse née princesse ? d'avoir pris la fille d'une des plus illustres familles du moyen âge, pour la femme d'un libraire ! Le sentiment de ses fautes redoubla chez Rodolphe son désir de savoir s'il serait méconnu, repoussé. Il demanda le prince Gandolphini en lui faisant porter une carte, et fut aussitôt reçu par le faux Lamporani, qui vint au-devant de lui, l'accueillit avec une grâce parfaite, avec une affabilité napolitaine, et le promena le long d'une terrasse d'où l'on découvrait Genève, le Jura et ses collines chargées de villas, puis les rives du lac sur une grande étendue.

– Ma femme, vous le voyez, est fidèle aux lacs, dit-il après avoir détaillé le paysage à son hôte. Nous avons une espèce de concert ce soir, ajouta-t-il en revenant vers la magnifique maison Jeanrenaud, j'espère que vous nous ferez le plaisir, à la princesse et à moi, d'y venir. Deux mois de misères supportées de compagnie équivalent à des années d'amitié.

Quoique dévoré de curiosité, Rodolphe n'osa demander à voir la princesse, il retourna lentement aux Eaux-Vives, préoccupé de la soirée. En quelques heures, son amour, quelque immense qu'il fût déjà, se trouvait agrandi par ses anxiétés et par l'attente des événements. Il comprenait maintenant la nécessité de se faire illustre pour se trouver, socialement parlant, à la hauteur de son idole. Francesca devenait bien grande à ses yeux, par le laisser-aller et la simplicité de sa conduite à Gersau. L'air naturellement altier de la princesse Colonna faisait trembler Rodolphe, qui allait avoir pour ennemis le père et la mère de Francesca, du moins il le pouvait croire ; et le mystère que la princesse Gandolphini lui avait tant recommandé lui parut alors une admirable preuve de tendresse. En ne voulant pas compromettre l'avenir, Francesca ne disait-elle pas bien qu'elle aimait Rodolphe ?

Enfin, neuf heures sonnèrent, Rodolphe put monter en voiture et dire avec une émotion facile à comprendre : – À la maison Jeanrenaud, chez le prince Gandolphini !

Enfin, il entra dans le salon plein d'étrangers de la plus haute distinction, et où il resta forcément dans un groupe près de la porte, car en ce moment on chantait un duo de Rossini.

Enfin, il put voir Francesca, mais sans être vu par elle. La princesse était debout à deux pas du piano. Ses admirables cheveux, si abondants et si longs, étaient retenus par un cercle d'or. Sa figure, illuminée par les bougies, éclatait de la blancheur particulière aux Italiennes et qui n'a tout son effet qu'aux lumières. Elle était en costume de bal, laissant admirer des épaules magnifiques et fascinantes, sa taille de jeune fille, et des bras de statue antique. Sa beauté sublime était là sans rivalité possible, quoiqu'il y eût des Anglaises et des Russes charmantes, les plus jolies femmes de Genève et d'autres Italiennes, parmi lesquelles brillaient l'illustre princesse de Varèse et la fameuse cantatrice Tinti qui chantait en ce moment. Rodolphe, appuyé contre le chambranle de la porte, regarda la princesse en dardant sur elle ce regard fixe, persistant, attractif et chargé de toute la volonté humaine concentrée dans ce sentiment appelé désir, mais qui prend alors le caractère d'un violent commandement. La flamme de ce regard atteignit-elle Francesca ? Francesca s'attendait-elle de moment en moment à voir Rodolphe ? Au bout de quelques minutes, elle coula un regard vers la porte, comme attirée par ce courant d'amour, et ses yeux, sans hésiter, se plongèrent dans les yeux de Rodolphe. Un léger frémissement agita ce magnifique visage et ce beau corps : la secousse de l'âme réagissait ! Francesca rougit. Rodolphe eut comme toute une vie dans cet échange, si rapide qu'il n'est comparable qu'à un éclair. Mais à quoi comparer son bonheur : il était aimé ! La sublime princesse tenait, au milieu du monde, dans la belle maison Jeanrenaud, la parole donnée par la pauvre exilée, par la capricieuse de la maison Bergmann. L'ivresse d'un pareil moment rend esclave pour toute une vie ! Un fin sourire, élégant et rusé, candide et triomphateur, agita les lèvres de la princesse Gandolphini, qui, dans un moment où elle ne se crut pas observée, regarda Rodolphe en ayant l'air de lui demander pardon de l'avoir trompé sur sa condition. Le morceau terminé, Rodolphe put arriver jusqu'au prince, qui l'amena gracieusement à sa femme. Rodolphe échangea les cérémonies d'une présentation officielle avec la princesse, le prince Colonne et Francesca. Quand ce fut fini, la princesse dut faire sa partie dans le fameux quatuor de Mi manca la voce, qui fut exécuté par elle, par la Tinti, par Génovèse le fameux ténor, et par un célèbre prince italien alors en exil, et dont la voix, s'il n'eût pas été prince, l'aurait fait un des princes de l'art.

— Asseyez-vous là, dit à Rodolphe Francesca qui lui montra sa propre chaise à elle. Oimè ! je crois qu'il y a erreur de nom : je suis, depuis un moment, princesse Rodolphini.

Ce fut dit avec une grâce, un charme, une naïveté, qui rappelèrent dans cet aveu caché sous une plaisanterie les jours heureux de Gersau. Rodolphe éprouva la délicieuse sensation d'écouter la voix d'une femme adorée en se trouvant si près d'elle, qu'il avait une de ses joues presque effleurée par l'étoffe de la robe et par la gaze de l'écharpe. Mais quand, en un pareil moment, c'est Mi manca la voce qui se chante et que ce quatuor est exécuté par les plus belles voix de l'Italie, il est facile de comprendre comment des larmes vinrent mouiller les yeux de Rodolphe.

En amour, comme en toute chose peut-être, il est certains faits, minimes en eux-mêmes, mais le résultat de mille petites circonstances antérieures, et dont la portée devient immense en résumant le passé, en se rattachant à l'avenir. On a senti mille fois la valeur de la personne aimée ; mais un rien, le contact parfait des âmes unies dans une promenade par une parole, par une preuve d'amour inattendue, porte le sentiment à son plus haut degré. Enfin, pour rendre ce fait moral par une image qui, depuis le premier âge du monde, a eu le plus incontestable succès : il y a, dans une longue chaîne, des points d'attache nécessaires où la cohésion est plus profonde que dans ses guirlandes d'anneaux. Cette reconnaissance entre Rodolphe et Francesca, pendant cette soirée, à la face du monde, fut un de ces points suprêmes qui relient l'avenir au passé, qui clouent plus avant au cœur les attachements réels. Peut-être est-ce de ces clous épars que Bossuet a parlé en leur comparant la rareté des moments heureux de notre existence, lui qui ressentit si vivement et si secrètement l'amour.

Après le plaisir d'admirer soi-même une femme aimée, vient celui de la voir admirée par tous : Rodolphe eut alors les deux à la fois. L'amour est un trésor de souvenirs, et quoique celui de Rodolphe fut déjà plein, il y ajouta les perles les plus précieuses : des sourires jetés en côté pour lui seul, des regards furtifs, des inflexions de chant que Francesca trouva pour lui, mais qui firent pâlir de jalousie la Tinti, tant elles furent applaudies. Aussi, toute sa puissance de désir, cette forme spéciale de son âme, se jeta-t-elle sur la belle Romaine qui devint inaltérablement le principe et la fin de toutes ses pensées et de ses actions. Rodolphe aima comme toutes les femmes peuvent rêver d'être aimées, avec une force, une constance, une cohésion qui faisait de Francesca la substance même de son cœur ; il la sentit mêlée à son sang comme un sang plus pur, à son âme comme une âme plus parfaite ; elle allait être sous les moindres efforts de sa vie comme le sable doré de la Méditerranée sous l'onde. Enfin, la moindre aspiration de Rodolphe fut une active espérance.

Au bout de quelques jours, Francesca reconnut cet immense amour ; mais il était si naturel, si bien partagé, qu'elle n'en fut pas étonnée : elle en était digne.

– Qu'y a-t-il de surprenant, disait-elle à Rodolphe en se promenant avec lui sur la terrasse de son jardin après avoir surpris un de ces mouvements de fatuité si naturels aux Français dans l'expression de leurs sentiments, quoi de merveilleux à ce que vous aimiez une femme jeune et belle, assez artiste pour pouvoir gagner sa vie comme la Tinti, et qui peut donner quelques jouissances de vanité ? Quel est le butor qui ne deviendrait alors un Amadis ? Ceci n'est pas la question entre nous : il faut aimer avec constance, avec persistance et à distance pendant des années, sans autre plaisir que celui de se voir aimé.

– Hélas ! lui dit Rodolphe, ne trouvez-vous pas ma fidélité dénuée de tout mérite en me voyant occupé par les travaux d'une ambition dévorante ? Croyez-vous que je veuille vous voir échanger un jour le beau nom de princesse Gandolphini pour celui d'un homme qui ne serait rien ? Je veux devenir un des hommes les plus remarquables de mon pays, être riche, être grand, et que vous puissiez être aussi fière de mon nom que de votre nom de Colonna.

– Je serais bien fâchée de pas vous voir de tels sentiments au cœur, répondit-elle avec un charmant sourire. Mais ne vous consumez pas trop dans les travaux de l'ambition, restez jeune... On dit que la politique rend un homme promptement vieux.

Ce qu'il y a de plus rare chez les femmes est une certaine gaieté qui n'altère point la tendresse. Ce mélange d'un sentiment profond et de la folie du jeune âge ajouta dans ce moment d'adorables attraits à ceux de Francesca. Là est la clef de son caractère : elle rit et s'attendrit, elle s'exalte et revient à la fine raillerie avec un laisser-aller, une aisance, qui font d'elle la charmante et délicieuse personne dont la réputation s'est d'ailleurs étendue au delà de l'Italie. Elle cache sous les grâces de la femme une instruction profonde, due à la vie excessivement monotone et quasi monacale qu'elle a menée dans le vieux château des Colonna. Cette riche héritière fut d'abord destinée au cloître, étant le quatrième enfant du prince et de la princesse Colonna ; mais la mort de ses deux frères et de sa sœur aînée la tira subitement de sa retraite pour en faire l'un des plus beaux partis des États-Romains. Sa sœur aînée ayant été promise au prince Gandolphini, l'un des plus riches propriétaires de la Sicile, Francesca lui fut donnée afin de ne rien changer aux affaires de famille. Les Colonna et les Gandolphini s'étaient toujours alliés entre eux. De neuf à seize ans, Francesca, dirigée par un monsignore de la famille, avait lu toute la bibliothèque des Colonna pour donner le change à son ardente imagination en étudiant les sciences, les arts et les lettres. Mais elle prit dans l'étude ce goût d'indépendance et d'idées libérales qui la fit se jeter, ainsi que son mari, dans la révolution. Rodolphe ignorait encore que, sans compter cinq langues vivantes, Francesca sût le grec, le latin et l'hébreu. Cette charmante créature avait admirablement compris qu'une des premières conditions de l'instruction chez une femme, est d'être profondément cachée.

Rodolphe resta tout l'hiver à Genève. Cet hiver passa comme un jour. Quand vint le printemps, malgré les exquises jouissances que donne la société d'une femme d'esprit, prodigieusement instruite, jeune et folle, cet amoureux éprouva de cruelles souffrances, supportées d'ailleurs avec courage, mais qui parfois se firent jour sur sa physionomie, qui percèrent dans ses manières, dans le discours, peut-être parce qu'il ne les crut pas partagées. Parfois il s'irritait en admirant le calme de Francesca, qui, semblable aux Anglaises, paraissait mettre son amour-propre à ne rien exprimer sur son visage, dont la sérénité défiait l'amour ; il l'eût voulue agitée, il l'accusait de ne rien sentir, en croyant au préjugé qui veut, chez les femmes italiennes, une mobilité fébrile.

— Je suis Romaine ! lui répondit gravement un jour Francesca, qui prit au sérieux quelques plaisanteries faites à ce sujet par Rodolphe.

Il y eut dans l'accent de cette réponse une profondeur qui lui donna l'apparence d'une sauvage ironie, et qui fit palpiter Rodolphe. Le mois de mai déployait les trésors de sa jeune verdure, le soleil avait des moments de force comme au milieu de l'été. Les deux amants se trouvaient alors appuyés sur la balustrade en pierre qui, dans une partie de la terrasse où le terrain se trouve à pic sur le lac, surmonte la muraille d'un escalier par lequel on descend pour monter en bateau. De la villa voisine, où se voit un embarcadère à peu près pareil, s'élança comme un cygne une yole avec son pavillon à flammes, sa tente à baldaquin cramoisi, sous lequel une charmante femme était mollement assise sur des coussins rouges, coiffée en fleurs naturelles, conduite par un jeune homme vêtu comme un matelot, et ramant avec d'autant plus de grâce qu'il était sous les regards de cette femme.

— Ils sont heureux ! dit Rodolphe avec un âpre accent. Claire de Bourgogne, la dernière de la seule maison qui ait pu rivaliser la maison de France...

— Oh !... elle vient d'une branche bâtarde, et encore par les femmes...

— Enfin, elle est vicomtesse de Beauséant, et n'a pas...

— Hésité... n'est-ce pas ? à s'enterrer avec monsieur Gaston de Nueil, dit la fille des Colonna. Elle n'est que Française, et je suis Italienne...

Francesca quitta la balustrade, y laissa Rodolphe, et alla jusqu'au bout de la terrasse, d'où l'on embrasse une immense étendue du lac. En la voyant marcher lentement, Rodolphe eut un soupçon d'avoir blessé cette âme à la fois si candide et si savante, si fière et si humble : il eut froid ; il suivit Francesca, qui lui fit signe de la laisser seule ; mais il ne tint pas compte de l'avis, et la surprit essuyant des larmes. Des pleurs chez une nature si forte !

– Francesca, dit-il en lui prenant la main, y a-t-il un seul regret dans ton cœur ?…

Elle garda le silence, dégagea sa main qui tenait le mouchoir brodé, pour s'essuyer de nouveau les yeux.

– Pardon, reprit-il. Et, par un élan, il atteignit aux yeux pour essuyer les larmes par des baisers.

Francesca ne s'aperçut pas de ce mouvement passionné, tant elle était violemment émue. Rodolphe, croyant à un consentement, s'enhardit ; il saisit Francesca par la taille, la serra sur son cœur et prit un baiser ; mais elle se dégagea par un magnifique mouvement de pudeur offensée, et à deux pas, en le regardant sans colère, mais avec résolution : – Partez ce soir, dit-elle, nous ne nous reverrons plus qu'à Naples.

Malgré la sévérité de cet ordre, il fut exécuté religieusement, car Francesca le voulut.

De retour à Paris, Rodolphe trouva chez lui le portrait de la princesse Gandolphini, fait par Schinner, comme Schinner sait faire les portraits. Ce peintre avait passé par Genève en allant en Italie. Comme il s'était refusé positivement à faire les portraits de plusieurs femmes, Rodolphe ne croyait pas que le prince, excessivement désireux du portrait de sa femme, eût pu vaincre la répugnance du peintre célèbre ; mais Francesca l'avait séduit sans doute, et obtenu de lui, ce qui tenait du prodige, un portrait original pour Rodolphe, une copie pour Emilio. C'est ce que lui disait une charmante et délicieuse lettre où la pensée se dédommageait de la retenue imposée par la religion des convenances. L'amoureux répondit. Ainsi commença, pour ne plus finir, une correspondance entre Rodolphe et Francesca, seul plaisir qu'ils se permirent.

Rodolphe, en proie à une ambition que légitimait son amour, se mit aussitôt à l'œuvre. Il voulut d'abord la fortune, et se risqua dans une entreprise où il jeta toutes ses forces aussi bien que tous ses capitaux ; mais il eut à lutter, avec l'inexpérience de la jeunesse, contre une duplicité qui triompha de lui. Trois ans se perdirent dans une vaste entreprise, trois ans d'efforts et de courage.

Le ministère Villèle succombait aussi quand succomba Rodolphe. Aussitôt l'intrépide amoureux voulut demander à la Politique ce que l'Industrie lui avait refusé ; mais avant de se lancer dans les orages de cette carrière, il alla tout blessé, tout souffrant, faire panser ses plaies et puiser du courage à Naples, où le prince et la princesse Gandolphini furent rappelés et réintégrés dans leurs biens à l'avénement du roi. Au milieu de sa lutte, ce fut un repos plein de douceur, il passa trois mois à la villa Gandolphini, bercé d'espérances.

Rodolphe recommença l'édifice de sa fortune. Déjà ses talents avaient été distingués, il allait enfin réaliser les vœux de son ambition, une place éminente était promise à son zèle, en récompense de son dévouement et de services rendus, quand éclata l'orage de juillet 1830, et sa barque sombra de nouveau.

Elle et Dieu, tels sont les deux témoins des efforts les plus courageux, des plus audacieuses tentatives d'un jeune homme doué de qualités, mais à qui, jusqu'alors, a manqué le secours du dieu des sots, le Bonheur ! Et cet infatigable athlète, soutenu par l'amour, recommence de nouveaux combats, éclairé par un regard toujours ami, par un cœur fidèle ! Amoureux ! priez pour lui !

En achevant ce récit, qu'elle dévora, mademoiselle de Watteville avait les joues en feu, la fièvre était dans ses veines ; elle pleurait, mais de rage. Cette Nouvelle, inspirée par la littérature alors à la mode, était la première lecture de ce genre qu'il fût permis à Philomène de faire. L'amour y était peint, sinon par une main de maître, du moins par un homme qui semblait raconter ses propres impressions ; or, la vérité, fût-elle inhabile, devait toucher une âme encore vierge. Là, se trouvait le secret des agitations terribles, de la fièvre et des larmes de Philomène : elle était jalouse de Francesca Colonne. Elle ne doutait pas de la sincérité de cette poésie : Albert avait pris plaisir à raconter le début de sa passion en cachant sans doute les noms, peut-être aussi les lieux. Philomène était saisie d'une infernale curiosité. Quelle femme n'eût pas, comme elle, voulu savoir le vrai nom de sa rivale, car elle aimait ! En lisant ces pages contagieuses pour elle, elle s'était dit ce mot solennel : J'aime ! Elle aimait Albert, et se sentait au cœur une mordante envie de le disputer, de l'arracher à cette rivale inconnue. Elle pensa qu'elle ne savait pas la musique et qu'elle n'était pas belle.

– Il ne m'aimera jamais, se dit-elle.

Cette parole redoubla son désir de savoir si elle ne se trompait pas, si réellement Albert aimait une princesse italienne, et s'il était aimé d'elle. Durant cette fatale nuit, l'esprit de décision rapide qui distinguait le fameux Watteville se déploya tout entier chez son héritière. Elle enfanta de ces plans bizarres autour desquels flottent d'ailleurs presque toutes les imaginations de jeunes filles, quand, au milieu de la solitude où quelques mères imprudentes les retiennent, elles sont excitées par un événement capital que le système de compression auquel elles sont soumises n'a pu ni prévoir ni empêcher. Elle pensait à descendre avec une échelle, par le kiosque, dans le jardin de la maison où demeurait Albert, à profiter du sommeil de l'avocat, pour voir par sa fenêtre l'intérieur de son cabinet. Elle pensait à lui écrire, elle pensait à briser les liens de la société bisontine, en introduisant Albert dans le salon de l'hôtel de Rupt. Cette entreprise, qui eût paru le chef-d'œuvre de l'impossible à l'abbé de Grancey lui-même, fut l'affaire d'une pensée.

— Ah ! se dit-elle, mon père a des contestations à sa terre des Rouxey, j'irai ! S'il n'y a pas de procès, j'en ferai naître, et il viendra dans notre salon ! s'écria-t-elle en s'élançant de son lit à sa fenêtre pour aller voir la lumière prestigieuse qui éclairait les nuits d'Albert. Une heure du matin sonnait, il dormait encore.

— Je vais le voir à son lever, il viendra peut-être à sa fenêtre !

En ce moment, mademoiselle de Watteville fut témoin d'un événement qui devait remettre entre ses mains le moyen d'arriver à connaître les secrets d'Albert. À la lueur de la lune, elle aperçut deux bras tendus hors du kiosque, et qui aidèrent Jérôme, le domestique d'Albert, à franchir la crête du mur et à entrer sous le kiosque. Dans la complice de Jérôme, Philomène reconnut aussitôt Mariette, la femme de chambre.

— Mariette et Jérôme ! se dit-elle. Mariette, une fille si laide ! Certes, ils doivent avoir honte l'un et l'autre.

Si Mariette était horriblement laide et âgée de trente-six ans, elle avait eu par héritage plusieurs quartiers de terre. Depuis dix-sept ans au service de madame de Watteville, qui l'estimait fort à cause de sa dévotion, de sa probité, de son ancienneté dans la maison, elle avait sans doute économisé, placé ses gages et ses profits. Or, à raison d'environ dix louis par année, elle devait posséder, en comptant les intérêts des intérêts et ses héritages, environ quinze mille francs. Aux yeux de Jérôme, quinze mille francs changeaient les lois de l'optique : il trouvait à Mariette une jolie taille, il ne voyait plus les trous et les coutures qu'une affreuse petite vérole avait laissés sur ce visage plat et sec ; pour lui, la bouche contournée était droite ; et, depuis qu'en le prenant à son service l'avocat Savaron l'avait rapproché de l'hôtel de Rupt, il fit le siège en règle de la dévote femme de chambre, aussi raide, aussi prude que sa maîtresse, et qui, semblable à toutes les vieilles filles laides, se montrait plus exigeante que les plus belles personnes. Si maintenant la scène nocturne du kiosque est expliquée pour les personnes clairvoyantes, elle l'était très-peu pour Philomène, qui néanmoins y gagna la plus dangereuse de toutes les instructions, celle que donne le mauvais exemple. Une mère élève sévèrement sa fille, la couve de ses ailes pendant dix-sept ans, et dans une heure, une servante détruit ce long et pénible ouvrage, quelquefois par un mot, souvent par un geste ! Philomène se recoucha, non sans penser à tout le parti qu'elle pouvait tirer de cette découverte. Le lendemain matin, en allant à la messe en compagnie de Mariette (la baronne était indisposée), Philomène prit le bras de sa femme de chambre, ce qui surprit étrangement la Comtoise.

– Mariette, lui dit-elle, Jérôme a-t-il la confiance de son maître ?

– Je ne sais pas, mademoiselle.

– Ne faites pas l'innocente avec moi, répondit sèchement Philomène. Vous vous êtes laissé embrasser par lui cette nuit, sous le kiosque. Je ne m'étonne plus si vous approuviez tant ma mère à propos des embellissements qu'elle y projetait.

Philomène sentit le tremblement qui saisit Mariette par celui de son bras.

– Je ne vous veux pas de mal, dit Philomène en continuant, rassurez-vous, je ne dirai pas un mot à ma mère, et vous pourrez voir Jérôme tant que vous voudrez.

– Mais, mademoiselle, répondit Mariette, c'est en tout bien, tout honneur, Jérôme n'a pas d'autre intention que celle de m'épouser…

– Mais alors, pourquoi vous donner des rendez-vous la nuit ?

Mariette atterrée ne sut rien répondre.

– Écoutez, Mariette, j'aime aussi, moi ! J'aime en secret et toute seule. Je suis, après tout, unique enfant de mon père et de ma mère ; ainsi vous avez plus à espérer de moi que de qui que ce soit au monde...

– Certainement, mademoiselle, vous pouvez compter sur nous à la vie et à la mort, s'écria Mariette, heureuse de ce dénoûment imprévu.

– D'abord, silence pour silence, dit Philomène. Je ne veux pas épouser monsieur de Soulas ; mais je veux, et absolument, une certaine chose : ma protection ne vous appartient qu'à ce prix.

– Quoi ? demanda Mariette.

– Je veux voir les lettres que monsieur Savaron fera mettre à la poste par Jérôme.

– Mais pourquoi faire ? dit Mariette effrayée.

– Oh ! rien que pour lire, et vous les jetterez vous-même à la poste après. Cela ne fera qu'un peu de retard, voilà tout.

En ce moment, Philomène et Mariette entrèrent à l'église, et chacune d'elles fit ses réflexions, au lieu de lire l'Ordinaire de la messe.

– Mon Dieu ! combien y a-t-il donc de péchés dans tout cela ? se dit Mariette.

Philomène, dont l'âme, la tête et le cœur étaient bouleversés par la lecture de la Nouvelle, y vit enfin une sorte d'histoire écrite pour sa rivale. À force de réfléchir, comme les enfants, à la même chose, elle finit par penser que la Revue de l'Est devait être envoyée à la bien-aimée d'Albert.

– Oh ! se disait-elle à genoux, la tête plongée dans ses mains, et dans l'attitude d'une personne abîmée dans la prière, oh ! comment amener mon père à consulter la liste des gens à qui l'on envoie cette Revue ?

Après le déjeuner, elle fit un tour de jardin avec son père, en le cajolant, et l'amena sous le kiosque.

– Crois-tu, mon cher petit père, que notre Revue aille à l'étranger ?

– Elle ne fait que commencer…

– Eh ! bien, je parie qu'elle y va.

– Ce n'est guère possible.

– Va le savoir, et prends les noms des abonnés à l'étranger.

Deux heures après, monsieur de Watteville dit à sa fille : – J'ai raison, il n'y a pas encore un abonné dans les pays étrangers. L'on espère en avoir à Neufchâtel, à Berne, à Genève. On en envoie bien un exemplaire en Italie, mais gratuitement, à une dame milanaise, à sa campagne sur le lac Majeur, à Belgirate.

– Son nom, dit vivement Philomène.

– La duchesse d'Argaiolo.

– La connaissez-vous, mon père ?

– J'en ai naturellement entendu parler. Elle est née princesse Soderini, c'est une Florentine, une très-grande dame, et tout aussi riche que son mari, qui possède une des plus belles fortunes de la Lombardie. Leur villa sur le lac Majeur est une des curiosités de l'Italie.

Deux jours après, Mariette remit la lettre suivante à Philomène.

ALBERT SAVARON À LÉOPOLD HANNEQUIN.

« Eh ! bien, oui, mon cher ami, je suis à Besançon pendant que tu me croyais en voyage. Je n'ai rien voulu te dire qu'au moment où le succès commencerait, et voici son aurore. Oui, cher Léopold, après tant d'entreprises avortées où j'ai dépensé le plus pur de mon sang, où j'ai jeté tant d'efforts, usé tant de courage, j'ai voulu faire comme toi : prendre une voie battue, le grand chemin, le plus long, le plus sûr. Quel bond je te vois faire sur ton fauteuil de notaire ! Mais ne crois pas qu'il y ait quoi que ce soit de changé à ma vie intérieure, dans le secret de laquelle il n'y a que toi au monde, et encore sous les réserves qu'elle a exigées. Je ne te le disais pas, mon ami ; mais je me lassais horriblement à Paris. Le dénoûment de la première entreprise où j'ai mis toutes mes espérances et qui s'est trouvée sans résultats par la profonde scélératesse de mes deux associés, d'accord pour me tromper, pour me dépouiller, moi, à l'activité de qui tout était dû, m'a fait renoncer à chercher la fortune pécuniaire après avoir ainsi perdu trois ans de ma vie, dont une année à plaider. Peut-être m'en serais-je plus mal tiré, si je n'avais pas été contraint, à vingt ans, d'étudier le Droit. J'ai voulu devenir un homme politique, uniquement pour être un jour compris dans une ordonnance sur la pairie sous le titre de comte Albert Savaron de Savarus, et faire revivre en France un beau nom qui s'éteint en Belgique, encore que je ne sois ni légitime, ni légitimé ! »

— Ah ! j'en étais sûre, il est noble ! s'écria Philomène en laissant tomber la lettre.

« Tu sais quelles études consciencieuses j'ai faites, quel journaliste obscur, mais dévoué, mais utile, et quel admirable secrétaire je fus pour l'homme d'État qui, d'ailleurs, me fut fidèle en 1829. Replongé dans le néant par la révolution de juillet, alors que mon nom commençait à briller, au moment où, maître des requêtes, j'allais enfin entrer, comme un rouage nécessaire, dans la machine politique, j'ai commis la faute de rester fidèle aux vaincus, de lutter pour eux, sans eux. Ah ! pourquoi n'avais-je que trente-trois ans, et comment ne t'ai-je pas prié de me rendre éligible ? Je t'ai caché tous mes dévouements et mes périls. Que veux-tu ? j'avais la foi ! nous n'eussions pas été d'accord. Il y a dix mois, pendant que tu me voyais si gai, si content, écrivant mes articles politiques, j'étais au désespoir : je me voyais à trente-sept ans, avec deux mille francs pour toute fortune, sans la moindre célébrité, venant d'échouer dans une noble entreprise, celle d'un journal quotidien qui ne répondait qu'à un besoin de l'avenir, au lieu de s'adresser aux passions du moment. Je ne savais plus quel parti prendre. Et, je me sentais ! J'allais, sombre et blessé, dans les endroits solitaires de ce Paris qui m'avait échappé, pensant à mes ambitions trompées, mais sans les abandonner. Oh ! quelles lettres empreintes de rage ne lui ai-je pas écrites alors, à elle, cette seconde conscience, cet autre moi ! Par moments, je me disais : – Pourquoi m'être tracé un si vaste programme pour mon existence ? pourquoi tout vouloir ? pourquoi ne pas attendre le bonheur en me vouant à quelque occupation quasi mécanique ?

« J'ai jeté les yeux alors sur une modeste place où je pusse vivre. J'allais avoir la direction d'un journal sous un gérant qui ne savait pas grand'chose, un homme d'argent ambitieux, quand la terreur m'a pris.

– « Voudra-t-elle pour mari d'un amant qui sera descendu si bas ? me suis-je dit. »

« Cette réflexion m'a rendu mes vingt-deux ans ! Oh ! mon cher Léopold, combien l'âme s'use dans ces perplexités ! Que doivent donc souffrir les aigles en cage, les lions emprisonnés ?... Ils souffrent tout ce que souffrait Napoléon, non pas à Sainte-Hélène, mais sur le quai des Tuileries, au 10 août, quand il voyait Louis XVI se défendant si mal, lui qui pouvait dompter la sédition comme il le fit plus tard sur les mêmes lieux, en vendémiaire ! Eh ! bien, ma vie a été cette souffrance d'un jour, étendue sur quatre ans. Combien de discours à la Chambre n'ai-je pas prononcés dans les allées désertes du bois de Boulogne ? Ces improvisations inutiles ont du moins aiguisé ma langue et accoutumé mon esprit à formuler ses pensées en paroles. Durant ces tourments secrets, toi, tu te mariais, tu achevais de payer ta charge, et tu devenais adjoint au maire de ton arrondissement, après avoir gagné la croix en te faisant blesser à Saint-Merry.

« Ecoute ! Quand j'étais tout petit, et que je tourmentais des hannetons, il y avait chez ces pauvres insectes un mouvement qui me donnait presque la fièvre. C'est quand je les voyais faisant ces efforts réitérés pour prendre leur vol, sans néanmoins s'envoler, quoiqu'ils eussent réussi à soulever leurs ailes. Nous disions d'eux : Ils comptent ! Etait-ce une sympathie ? était-ce une vision de mon avenir ? Oh ! déployer ses ailes et ne pouvoir voler ! Voilà ce qui m'est arrivé depuis cette belle entreprise de laquelle on m'a dégoûté, mais qui maintenant a enrichi quatre familles.

« Enfin, il y a sept mois, je résolus de me faire un nom au barreau de Paris, en voyant quels vides y laissaient les promotions de tant d'avocats à des places éminentes. Mais en me rappelant les rivalités que j'avais observées au sein de la Presse, et combien il est difficile de parvenir à quoi que ce soit à Paris, cette arène où tant de champions se donnent rendez-vous, je pris une résolution cruelle pour moi, d'un effet certain et peut-être plus rapide que tout autre. Tu m'avais bien expliqué, dans nos causeries, la constitution sociale de Besançon, l'impossibilité pour un étranger d'y parvenir, d'y faire la moindre sensation, de s'y marier, de pénétrer dans la société, d'y réussir en quoi que ce soit. Ce fut là que je voulus aller planter mon drapeau, pensant avec raison y éviter la concurrence, et m'y trouver seul à briguer la députation. Les Comtois ne veulent pas voir l'étranger, l'étranger ne les verra pas ! ils se refusent à l'admettre dans leurs salons, il n'ira jamais ! il ne se montrera nulle part, pas même dans les rues ! Mais il est une classe qui fait les députés, la classe commerçante. Je vais spécialement étudier les questions commerciales que je connais déjà, je gagnerai des procès ; j'accorderai les différends, je deviendrai le plus fort avocat de Besançon. Plus tard, j'y fonderai une Revue où je défendrai les intérêts du pays, où je les ferai naître, vivre ou renaître. Quand j'aurai conquis un à un assez de suffrages, mon nom sortira de l'urne. On dédaignera pendant longtemps l'avocat inconnu, mais il y aura une circonstance qui le mettra en lumière, une plaidoirie gratuite, une affaire de laquelle les autres avocats ne voudront pas se charger. Si je parle une fois, je suis sûr du succès. Eh ! bien, mon cher Léopold, j'ai fait emballer ma bibliothèque dans onze caisses, j'ai acheté les livres de droit qui pouvaient m'être utiles, et j'ai mis tout, ainsi que mon mobilier, au roulage pour Besançon. J'ai pris mes diplômes, j'ai réuni mille écus et suis venu te dire adieu. La malle-poste m'a jeté dans Besançon, où j'ai, dans trois jours de temps, choisi un petit appartement qui a vue sur des jardins ; j'y ai somptueusement arrangé le cabinet mystérieux où je passe mes nuits et mes jours, et où brille le portrait de mon idole, de celle à laquelle ma vie est vouée, qui la remplit, qui est le principe de mes efforts, le secret de mon courage, la cause de mon talent. Puis, quand les meubles et les livres sont arrivés, j'ai pris un domestique intelligent, et suis resté pendant cinq mois comme une marmotte en hiver. On m'avait d'ailleurs inscrit au tableau des avocats. Enfin, on m'a nommé d'office pour défendre un malheureux aux Assises, sans doute pour m'entendre parler au moins une fois ! Un des plus influents négociants de Besançon était du jury, il avait une affaire épineuse : j'ai tout fait dans cette cause pour cet homme, et j'ai eu le succès le plus complet du monde. Mon client était innocent, j'ai fait dramatiquement arrêter les vrais coupables qui étaient témoins. Enfin la Cour a partagé l'admiration de son public. J'ai su sauver l'amour-propre du juge d'instruction en montrant la presque impossibilité de découvrir une trame si bien ourdie. J'ai eu la clientèle de mon gros négociant, et je lui ai gagné son procès. Le Chapitre de la cathédrale m'a choisi pour avocat dans un immense procès avec la Ville qui dure depuis quatre ans : j'ai gagné. En trois affaires, je suis devenu le plus grand avocat de la Franche-Comté. Mais j'ensevelis ma vie dans le plus profond mystère, et cache ainsi mes prétentions. J'ai contracté des habitudes qui me dispensent d'accepter toute invitation. On ne peut me consulter que de six heures à huit heures du matin, je me couche après mon dîner, et je travaille pendant la nuit. Le vicaire-général, homme d'esprit et très-influent, qui m'a chargé de l'affaire du Chapitre, déjà perdue en première instance, m'a naturellement parlé de reconnaissance. – « Monsieur, lui ai-je dit, je gagnerai votre affaire, mais je ne veux pas d'honoraires, je veux plus… (haut le corps de l'abbé) sachez que je perds énormément à me poser comme l'adversaire de la Ville ; je suis venu ici pour en sortir député, je ne veux m'occuper que d'affaires commerciales, parce que les commerçants font les députés, et ils se défieront de moi si je plaide pour les prêtres, car vous êtes les prêtres pour eux. Si je me charge de votre affaire, c'est que j'étais, en 1828, secrétaire particulier à tel Ministère (nouveau mouvement d'étonnement chez mon abbé), maître des requêtes sous le nom d'Albert de Savarus (autre mouvement). Je suis resté fidèle aux principes monarchiques ; mais comme vous n'avez pas la majorité dans Besançon, il faut que j'acquière des voix dans la bourgeoisie. Donc, les honoraires que je vous demande, c'est les voix que vous pourrez faire porter sur moi dans un moment opportun, secrètement. Gardons-nous le secret l'un à l'autre, et je plaiderai gratis toutes les affaires de tous les prêtres du diocèse. Pas un mot de mes antécédents, et soyons-nous fidèles. » Quand il est venu me remercier, il m'a remis un billet de cinq cents francs, et m'a dit à l'oreille : – Les voix tiennent toujours. En cinq conférences que nous avons eues, je me suis fait, je crois, un ami de ce vicaire général. Maintenant, accablé d'affaires, je ne me charge que de celles qui regardent les négociants, en disant que les questions de commerce sont ma spécialité. Cette tactique m'attache les gens de commerce et me permet de rechercher les personnes influentes. Ainsi tout va bien. D'ici à quelques mois, j'aurai trouvé dans Besançon une maison à acheter qui puisse me donner le cens. Je compte sur toi pour me prêter les capitaux nécessaires à cette acquisition. Si je mourais, si j'échouais, il n'y aurait pas assez de perte pour que ce soit une considération entre nous. Les intérêts te seront servis par les loyers, et j'aurai d'ailleurs soin d'attendre une bonne occasion, afin que tu ne perdes rien à cette hypothèque nécessaire.

« Ah ! mon cher Léopold, jamais joueur, ayant dans sa poche les restes de sa fortune, et la jouant au Cercle des Étrangers, dans une dernière nuit d'où il doit sortir riche ou ruiné, n'a eu dans les oreilles les tintements perpétuels, dans les mains la petite sueur nerveuse, dans la tête l'agitation fébrile, dans le corps les tremblements intérieurs que j'éprouve tous les jours en jouant ma dernière partie au jeu de l'ambition. Hélas ! cher et seul ami, voici bientôt dix ans que je lutte. Ce combat avec les hommes et les choses, où j'ai sans cesse versé ma force et mon énergie, où j'ai tant usé les ressorts du désir, m'a miné, pour ainsi dire, intérieurement. Avec les apparences de la force, de la santé, je me sens ruiné. Chaque jour emporte un lambeau de ma vie intime. À chaque nouvel effort, je sens que je ne pourrai plus le recommencer. Je n'ai plus de force et de puissance que pour le bonheur, et s'il n'arrivait pas poser sa couronne de roses sur ma tête, le moi que je suis n'existerait plus, je deviendrais une chose détruite, je ne désirerais plus rien dans le monde, je ne voudrais plus rien être. Tu le sais, le pouvoir et la gloire, cette immense fortune morale que je cherche, n'est que secondaire : c'est pour moi le moyen de la félicité, le piédestal de mon idole.

« Atteindre au but en expirant, comme le coureur antique ! voir la fortune et la mort arrivant ensemble sur le seuil de sa porte ! obtenir celle qu'on aime au moment où l'amour s'éteint ! n'avoir plus la faculté de jouir quand on a gagné le droit de vivre heureux !... oh ! de combien d'hommes ceci fut la destinée !

« Il y a certes un moment où Tantale s'arrête, se croise les bras, et défie l'enfer en renonçant à son métier d'éternel attrapé. J'en serais là, si quelque chose faisait manquer mon plan, si, après m'être courbé dans la poussière de la province, avoir rampé comme un tigre affamé autour de ces négociants, de ces électeurs, pour avoir leurs votes ; si, après avoir plaidaillé d'arides affaires, avoir donné mon temps, un temps que je pourrais passer sur le lac Majeur, à voir les eaux qu'elle voit, à me coucher sous ses regards, à l'entendre, je ne m'élançais pas à la tribune pour y conquérir l'auréole que doit avoir un nom pour succéder à celui d'Argaiolo. Bien plus, Léopold, je sens par certains jours des langueurs vaporeuses ; il s'élève du fond de mon âme des dégoûts mortels, surtout quand, en de longues rêveries, je me suis plongé par avance au milieu des joies de l'amour heureux ! Le désir n'aurait-il en nous qu'une certaine dose de force, et peut-il périr sous une trop grande effusion de sa substance ? Après tout, en ce moment ma vie est belle, éclairée par la foi, par le travail et par l'amour. Adieu, mon ami. J'embrasse tes enfants, et tu rappelleras au souvenir de ton excellente femme,

« Votre Albert. »

Philomène lut deux fois cette lettre, dont le sens général se grava dans son cœur. Elle pénétra soudain dans la vie antérieure d'Albert, car sa vive intelligence lui en expliqua les détails et lui en fit parcourir l'étendue. En rapprochant cette confidence de la Nouvelle publiée dans la Revue, elle comprit alors Albert tout entier. Naturellement elle s'exagéra les proportions déjà fortes de cette belle âme, de cette volonté puissante ; et son amour pour Albert devint alors une passion dont la violence s'accrut de toute la force de sa jeunesse, des ennuis de sa solitude et de l'énergie secrète de son caractère. Aimer est déjà chez une jeune personne un effet de la loi naturelle ; mais quand son besoin d'affection se porte sur un homme extraordinaire, il s'y mêle l'enthousiasme qui déborde dans les jeunes cœurs. Aussi mademoiselle de Watteville arriva-t-elle en quelques jours à une phase quasi morbide et très-dangereuse de l'exaltation amoureuse.

La baronne était très-contente de sa fille, qui, sous l'empire de ses profondes préoccupations, ne lui résistait plus, paraissait appliquée à ses divers ouvrages de femme, et réalisait son beau idéal de la fille soumise.

L'avocat plaidait alors deux ou trois fois par semaine. Quoique accablé d'affaires, il suffisait au Palais, au contentieux du commerce, à la Revue, et restait dans un profond mystère en comprenant que plus son influence serait sourde et cachée, plus réelle elle serait. Mais il ne négligeait aucun moyen de succès, en étudiant la liste des électeurs bisontins et recherchant leurs intérêts, leurs caractères, leurs diverses amitiés, leurs antipathies. Un cardinal voulant être pape s'est-il jamais donné tant de soin ?

Un soir, Mariette, en venant habiller Philomène pour une soirée, lui apporta, non sans gémir sur cet abus de confiance, une lettre dont la suscription fit frémir, et pâlir, et rougir mademoiselle de Watteville.

À MADAME LA DUCHESSE D'ARGAIOLO.
(née princesse Soderini),

à Belgirate,
Lac Majeur.
Italie.

À ses yeux, cette adresse brilla comme dut briller Mané, Thecel, Pharès, aux yeux de Balthasar. Après avoir caché la lettre, elle descendit pour aller avec sa mère chez madame de Chavoncourt. Pendant cette soirée, Philomène fut assaillie de remords et de scrupules. Elle avait éprouvé déjà de la honte d'avoir violé le secret de la lettre d'Albert à Léopold. Elle s'était demandé plusieurs fois si, sachant ce crime, infâme en ce qu'il est nécessairement impuni, le noble Albert l'estimerait ? Sa conscience lui répondait : Non ! avec énergie. Elle avait expié sa faute en s'imposant des pénitences : elle jeûnait, elle se mortifiait en restant à genoux les bras en croix, et disant des prières pendant quelques heures. Elle avait obligé Mariette à ces actes de repentir. L'ascétisme le plus vrai se mêlait à sa passion, et la rendait d'autant plus dangereuse.

— Lirai-je ? ne lirai-je pas cette lettre ? se disait-elle en écoutant les petites de Chavoncourt. L'une avait seize et l'autre dix-sept ans et demi. Philomène regardait ses deux amies comme des petites filles, parce qu'elles n'aimaient pas en secret.

— Si je la lis, se disait-elle après avoir flotté pendant une heure entre non et oui, ce sera bien certainement la dernière. Puisque j'ai tant fait que de savoir ce qu'il écrivait à son ami, pourquoi ne saurais-je pas ce qu'il lui dit à elle ? si c'est un horrible crime, n'est-ce pas une preuve d'amour ? Ô ! Albert, ne suis-je pas ta femme ?

Quand Philomène fut au lit, elle ouvrit cette lettre, datée de jour en jour, de manière à offrir à la duchesse une fidèle image de la vie et des sentiments d'Albert.

25
« Ma chère âme, tout va bien. Aux conquêtes que j'ai faites, je viens d'en ajouter une précieuse : j'ai rendu service à l'un des personnages les plus influents aux élections. Comme les critiques, qui font les réputations sans jamais pouvoir s'en faire une, il fait les députés sans pouvoir jamais le devenir. Le brave homme a voulu me témoigner sa reconnaissance à bon marché, presque sans bourse délier, en me disant : – Voulez-vous aller à la Chambre ? Je puis vous faire nommer député. – Si je me résolvais à entrer dans la carrière politique, lui ai-je répondu très-hypocritement, ce serait pour me vouer à la Comté que j'aime et où je suis apprécié. – Eh ! bien, nous vous déciderons, et nous aurons par vous une influence à la Chambre, car vous y brillerez.

« Ainsi, mon ange aimé, quoi que tu dises, ma persistance aura sa couronne. Dans peu, je parlerai du haut de la tribune française à mon pays, à l'Europe. Mon nom te sera jeté par les cent voix de la Presse française !

« Oui, comme tu me le dis, je suis venu vieux à Besançon, et Besançon m'a vieilli encore ; mais, comme Sixte-Quint, je serai jeune le lendemain de mon élection. J'entrerai dans ma vraie vie, dans ma sphère. Ne serons-nous pas alors sur la même ligne ? Le comte Savaron de Savarus, ambassadeur je ne sais où, pourra certes épouser une princesse Soderini, la veuve du duc d'Argaiolo ! Le triomphe rajeunit les hommes conservés par d'incessantes luttes. Ô ma vie ! avec quelle joie ai-je sauté de ma bibliothèque à mon cabinet, devant ton cher portrait, à qui j'ai dit ces progrès avant de t'écrire ! Oui, mes voix à moi, celles du vicaire général, celles des gens que j'obligerai et celles de ce client, assurent déjà mon élection.

26
« Nous sommes entrés dans la douzième année, depuis l'heureuse soirée où, par un regard, la belle duchesse a ratifié les promesses de la proscrite Francesca. Ah ! chère, tu as trente-deux ans, et moi j'en ai trente-cinq ; le cher duc en a soixante dix-sept, c'est-à-dire à lui seul dix ans de plus que nous deux, et il continue à se bien porter ! Fais-lui mes compliments, et dis-lui que je lui donne encore trois ans. J'ai besoin de ce temps pour élever ma fortune à la hauteur de ton nom. Tu le vois, je suis gai, je ris aujourd'hui : voilà l'effet d'une espérance. Tristesse ou gaieté, tout me vient de toi. L'espoir de parvenir me remet toujours au lendemain du jour où je t'ai vue pour la première fois, où ma vie s'est unie avec la tienne comme la terre à la lumière ! Qual pianto que ces onze années, car nous voici au vingt-six décembre, anniversaire de mon arrivée dans ta villa du lac de Constance. Voici onze ans que je crie et que tu rayonnes !

27
« Non, chère, ne va pas à Milan, reste à Belgirate. Milan m'épouvante. Je n'aime ni ces affreuses habitudes milanaises de causer tous les soirs à la Scala avec une douzaine de personnes, parmi lesquelles il est difficile qu'on ne te dise pas quelque douceur. Pour moi, la solitude est comme ce morceau d'ambre au sein duquel un insecte vit éternellement dans son immuable beauté. L'âme et le corps d'une femme restent ainsi purs et dans la forme de leur jeunesse. Est-ce ces Tedeschi que tu regrettes ?

28
« Ta statue ne se finira donc point ? Je voudrais t'avoir en marbre, en peinture, en miniature, de toutes les façons, pour tromper mon impatience. J'attends toujours la Vue de Belgirate au midi et celle de la galerie, voilà les seules qui me manquent. Je suis tellement occupé, que je ne puis au-

jourd'hui te rien dire qu'un rien, mais ce rien est tout. N'est-ce pas d'un rien que Dieu a fait le monde ? Ce rien, c'est un mot, le mot de Dieu : Je t'aime !

30
« Ah ! je reçois ton journal ! Merci de ton exactitude ! tu as donc éprouvé bien du plaisir à voir les détails de notre première connaissance ainsi traduits ?… Hélas ! tout en les voilant, j'avais grand'peur de t'offenser. Nous n'avions point de Nouvelles, et une Revue sans Nouvelles, c'est une belle sans cheveux. Peu trouveur de ma nature et au désespoir, j'ai pris la seule poésie qui fût dans mon âme, la seule aventure qui fût dans mes souvenirs, je l'ai mise au ton où elle pouvait être dite, et je n'ai pas cessé de penser à toi tout en écrivant le seul morceau littéraire qui sortira de mon cœur, je ne puis pas dire de ma plume. La transformation du farouche Sormano en Gina ne t'a-t-elle pas fait rire ?

« Tu me demandes comme va la santé ? mais bien mieux qu'à Paris. Quoique je travaille énormément, la tranquillité des milieux a de l'influence sur l'âme. Ce qui fatigue et vieillit, chère ange, c'est ces angoisses de vanité trompée, ces irritations perpétuelles de la vie parisienne, ces luttes d'ambitions rivales. Le calme est basalmique. Si tu savais quel plaisir me fait ta lettre, cette bonne longue lettre où tu me dis si bien les moindres accidents de ta vie. Non ! vous ne saurez jamais, vous autres femmes, à quel point un véritable amant est intéressé par ces riens. L'échantillon de ta nouvelle robe m'a fait un énorme plaisir à voir ! Est-ce donc une chose indifférente que de savoir ta mise ? Si ton front sublime se raye ? Si nos auteurs te distrayent ? Si les chants de Victor Hugo t'exaltent ? Je lis les livres que tu lis. Il n'y a pas jusqu'à ta promenade sur le lac qui ne m'ait attendri. Ta lettre est belle, suave comme ton âme ! Ô fleur céleste et constamment adorée ! aurais-je pu vivre sans ces chères lettres qui, depuis onze ans, m'ont soutenu dans ma voie difficile, comme une clarté, comme un parfum, comme un chant régulier, comme une nourriture divine, comme tout ce qui console et charme la vie ! Ne manque pas ! Si tu savais quelle est mon angoisse la veille du jour où je les reçois, et ce qu'un retard d'un jour me cause de douleur ! Est-elle malade ? est-ce lui ? Je suis entre l'enfer et le paradis, je deviens fou ! Cara diva, cultive toujours la musique, exerce ta voix, étudie. Je suis ravi de cette conformité de travaux et d'heures qui fait que, séparés par les Alpes, nous vivons exactement de la même manière. Cette pensée me charme et me donne bien du courage. Quand j'ai plaidé pour la première fois, je ne t'ai pas encore dit cela, je me suis figuré que tu m'écoutais, et j'ai senti tout à coup en moi ce mouvement d'inspiration qui met le poëte au-dessus de l'humanité. Si je vais à la Chambre, oh ! tu viendras à Paris pour assister à mon début.

30 au soir.
« Mon Dieu ! combien je t'aime. Hélas ! j'ai mis trop de choses dans mon amour et dans mes espérances. Un hasard qui ferait chavirer cette barque trop chargée emporterait ma vie ! Voici trois ans que je ne t'ai vue, et à l'idée d'aller à Belgirate, mon cœur bat si fort, que je suis obligé de m'arrêter... Te voir, entendre cette voix enfantine et caressante ! embrasser par les yeux ce teint d'ivoire, si éclatant aux lumières, et sous lequel on devine ta noble pensée ! admirer tes doigts jouant avec les touches, recevoir toute ton âme dans un regard, et ton cœur dans l'accent d'un : Oimé ! ou d'un : Alberto ! nous promener devant tes orangers en fleur, vivre quelques mois au sein de ce sublime paysage... Voilà la vie. Oh ! quelle niaiserie que de courir après le pouvoir, un nom, la fortune ! Mais tout est à Belgirate : là est la poésie, là est la gloire ! J'aurais dû me faire ton intendant, ou, comme ce cher tyran que nous ne pouvons haïr me le proposait, y vivre en cavalier servant, ce que notre ardente passion ne nous a pas permis d'accepter. Est-ce un Italien que le duc ? m'est avis que c'est le père Éternel ! Adieu, mon ange, tu me pardonneras mes prochaines tristesses en faveur de cette gaieté tombée comme un rayon du flambeau de l'Espérance, qui jusqu'alors me paraissait un feu follet. »

— Comme il aime ! s'écria Philomène en laissant tomber cette lettre, qui lui sembla lourde à tenir. Après onze ans, écrire ainsi ?

– Mariette, dit Philomène à la femme de chambre, le lendemain matin, allez jeter cette lettre à la poste ; dites à Jérôme que je sais tout ce que je voulais savoir, et qu'il serve fidèlement monsieur Albert. Nous nous confesserons de ces péchés sans dire à qui les lettres appartenaient, ni où elles allaient. J'ai eu tort, c'est moi qui suis la seule coupable.

– Mademoiselle a pleuré, dit Mariette.

– Oui, je ne voudrais pas que ma mère s'en aperçût ; donnez-moi de l'eau bien froide.

Philomène, au milieu des orages de sa passion, écoutait souvent la voix de sa conscience. Touchée par cette admirable fidélité de deux cœurs, elle venait de faire ses prières, et s'était dit qu'elle n'avait plus qu'à se résigner, à respecter le bonheur de deux êtres dignes l'un de l'autre, soumis à leur sort, attendant tout de Dieu, sans se permettre d'actions ni de souhaits criminels. Elle se sentit meilleure, elle éprouva quelque satisfaction intérieure après avoir pris cette résolution, inspirée par la droiture naturelle au jeune âge. Elle y fut encouragée par une réflexion de jeune fille : elle s'immolait pour lui !

– Elle ne sait pas aimer, pensa-t-elle. Ah ! si c'était moi, je sacrifierais tout à un homme qui m'aimerait ainsi. Être aimée !… quand et par qui le serai-je, moi ? Ce petit monsieur de Soulas n'aime que ma fortune ; si j'étais pauvre, il ne ferait seulement pas attention à moi.

– Philomène, ma petite, à quoi penses-tu donc ? tu vas au delà de la raie, dit la baronne à sa fille, qui faisait des pantoufles en tapisserie pour le baron.

Philomène passa tout l'hiver de 1834 à 1835 en mouvements secrets tumultueux ; mais au printemps, au mois d'avril, époque à laquelle elle atteignit à ses dix-huit ans, elle se disait parfois qu'il serait bien de l'emporter sur une duchesse d'Argaiolo. Dans le silence et la solitude, la perspective de cette lutte avait rallumé sa passion et ses mauvaises pensées. Elle développait par avance sa témérité romanesque en faisant plans sur plans. Quoique de tels caractères soient exceptionnels, il existe malheureusement beaucoup trop de Philomènes, et cette histoire contient une leçon qui doit leur servir d'exemple. Pendant cet hiver, Albert de Savarus avait sourdement fait un progrès immense dans Besançon. Sûr de son succès, il attendait avec impatience la dissolution de la Chambre. Il avait conquis, parmi les hommes du juste-milieu, l'un des faiseurs de Besançon, un riche entrepreneur qui disposait d'une grande influence.

Les Romains se sont partout donné des peines énormes, ils ont dépensé des sommes immenses pour avoir d'excellentes eaux à discrétion dans toutes les villes de leur empire. À Besançon, ils buvaient les eaux d'Arcier, montagne située à une assez grande distance de Besançon. Besançon est une ville assise dans l'intérieur d'un fer à cheval décrit par le Doubs. Ainsi, rétablir l'aqueduc des Romains pour boire l'eau que buvaient les Romains dans une ville arrosée par le Doubs, est une de ces niaiseries qui ne prennent que dans une province où règne la gravité la plus exemplaire. Si cette fantaisie se logeait au cœur des Bisontins, elle devait obliger à faire de grandes dépenses, et ces dépenses allaient profiter à l'homme influent. Albert Savaron de Savarus décida que le Doubs n'était bon qu'à couler sous des ponts suspendus, et qu'il n'y avait de potable que l'eau d'Arcier. Des articles parurent dans la Revue de l'Est, qui ne furent que l'expression des idées du commerce bisontin. Les Nobles comme les Bourgeois, le Juste-milieu comme les Légitimistes, le Gouvernement comme l'Opposition, enfin tout le monde se trouva d'accord pour vouloir boire l'eau des Romains et jouir d'un pont suspendu. La question des eaux d'Arcier fut à l'ordre du jour dans Besançon. À Besançon, comme pour les deux chemins de fer de Versailles, comme pour des abus subsistants, il y eut des intérêts cachés qui donnèrent une vitalité puissante à cette idée. Les gens raisonnables, en petit nombre d'ailleurs, qui s'opposaient à ce projet, furent traités de ganaches. On ne s'occupait que des deux plans de l'avocat Savaron. Après dix-huit mois de travaux souterrains, cet ambitieux était donc arrivé, dans la ville la plus immobile de France et la plus réfractaire à l'étranger, à la remuer profondément, à y faire, selon une expression vulgaire, la pluie et le beau temps, à y exercer une influence positive sans être sorti de chez lui. Il avait résolu le singulier problème d'être puissant quelque part sans popularité. Pendant cet hiver, il gagna sept procès pour des ecclésiastiques de Besançon. Aussi par moments respirait-il par avance l'air de la Chambre. Son cœur se gonflait à la pensée de son futur triomphe. Cet immense désir, qui lui faisait mettre en scène tant d'intérêts, inventer tant de ressorts, absorbait les dernières forces de son âme démesurément tendue. On vantait son désintéressement, il acceptait sans observations les honoraires de ses clients. Mais ce désintéressement était de l'usure morale, il attendait un prix pour lui plus considérable que tout l'or du monde. Il avait acheté, soi-disant pour rendre service à un négociant embarrassé dans ses affaires, au mois d'octobre 1834, et avec les fonds de Léopold Hannequin, une maison qui lui donnait le cens d'éligibilité. Ce placement avantageux n'eut pas l'air d'avoir été cherché ni désiré.

– Vous êtes un homme bien réellement remarquable, dit à Savarus l'abbé de Grancey, qui naturellement observait et devinait l'avocat. Le vicaire général était venu lui présenter un chanoine qui réclamait les conseils de l'avocat. – Vous êtes, lui dit-il, un prêtre qui n'est pas dans son chemin. Un mot qui frappa Savarus.

De son côté, Philomène avait décidé dans sa forte tête de frêle jeune fille d'amener monsieur de Savarus dans le salon, et de l'introduire dans la société de l'hôtel de Rupt. Elle bornait encore ses désirs à voir Albert et à l'entendre. Elle avait transigé, pour ainsi dire, et les transactions ne sont souvent que des trêves.

Les Rouxey, terre patrimoniale des Watteville, valait dix mille francs de rente, net ; mais en d'autres mains elle eût rapporté bien davantage.

L'insouciance du baron, dont la femme devait avoir et eut quarante mille francs de revenu, laissait les Rouxey sous le gouvernement d'une espèce de maître Jacques, un vieux domestique de la maison Watteville, appelé Modinier. Néanmoins, quand le baron et la baronne éprouvaient le désir d'aller à la campagne, ils allaient aux Rouxey, dont la situation est très-pittoresque. Le château, le parc, tout a d'ailleurs été créé par le fameux Watteville, dont la vieillesse active se passionna pour ce lieu magnifique.

Entre deux petites Alpes, deux pitons dont le sommet est nu, et qui s'appellent le grand et le petit Rouxey, au milieu d'une gorge par où les eaux de ces montagnes, terminées par la Dent de Vilard, tombent et vont se joindre aux délicieuses sources du Doubs, Watteville imagina de construire un barrage énorme, en y laissant deux déversoirs pour le trop plein-des eaux. En amont de son barrage, il obtint un charmant lac, et en aval deux cascades, deux ravissantes rivières avec lesquelles il arrosa la sèche et inculte vallée que dévastait jadis le torrent des Rouxey. Ce lac, cette vallée, ses deux montagnes, il les enferma par une enceinte, et se bâtit une chartreuse sur le barrage auquel il donna trois arpents de largeur, en y faisant apporter toutes les terres qu'il fallut enlever pour creuser le double lit de ses rivières factices et les canaux d'irrigation. Quand le baron de Watteville se procura le lac au-dessus de son barrage, il était propriétaire des deux Rouxey, mais non de la vallée supérieure qu'il inondait ainsi, par laquelle on passait en tout temps, et qui se termine en fer à cheval au pied de la Dent de Vilard. Mais ce sauvage vieillard imprimait une si grande terreur que, pendant toute sa vie, il n'y eut aucune réclamation de la part des habitants des Riceys, petit village situé sur le revers de la Dent de Vilard. Quand le baron mourut, il avait réuni les pentes des deux Rouxey, au pied de la Dent de Vilard par une forte muraille, afin de ne pas inonder les deux vallées qui débouchaient dans la gorge des Rouxey à droite et à gauche du pic de Vilard. Il mourut ayant conquis ainsi la Dent de Vilard. Ses héritiers se firent les protecteurs du village des Riceys et maintinrent ainsi l'usurpation. Le vieux meurtrier, le vieux renégat, le vieil abbé Watteville avait fini sa carrière en plantant des arbres, en construisant une superbe route, prise sur le flanc d'un des deux Rouxey, et qui rejoignait le grand chemin. De ce parc, de cette habitation dépendaient des domaines fort mal cultivés, des chalets dans les deux montagnes et des bois inexploités. C'était sauvage et solitaire, sous la garde de la nature, abandonné au hasard de la végétation, mais plein d'accidents sublimes. Vous pouvez vous figurer maintenant les Rouxey.

Il est fort inutile d'embarrasser cette histoire en racontant les prodigieux efforts et les ruses empreintes de génie par lesquels Philomène arriva, sans le laisser soupçonner, à son but. Qu'il suffise de dire qu'elle obéissait à sa mère en quittant Besançon au mois de mai 1835, dans une vieille berline attelée de deux bons gros chevaux loués, et allant avec son père aux Rouxey.

L'amour explique tout aux jeunes filles. Quand en se levant, le lendemain de son arrivée aux Rouxey, Philomène aperçut de la fenêtre de sa chambre la belle nappe d'eau sur laquelle s'élevaient de ces vapeurs exhalées comme des fumées et qui s'engageaient dans les sapins et dans les mélèzes, en rampant le long des deux pics pour en gagner les sommets, elle laissa échapper un cri d'admiration.

– Ils se sont aimés devant des lacs ! Elle est sur un lac ! Décidément un lac est plein d'amour.

Un lac alimenté par des neiges a des couleurs d'opale et une transparence qui en fait un vaste diamant ; mais quand il est serré comme celui des Rouxey entre deux blocs de granit vêtus de sapins, qu'il y règne un silence de savane ou de steppe, il arrache à tout le monde le cri que venait de jeter Philomène.

– On doit cela, lui dit son père, au fameux Watteville !

– Ma foi, dit la jeune fille, il a voulu se faire pardonner ses fautes. Montons dans la barque et allons jusqu'au bout, dit-elle ; nous gagnerons de l'appétit pour le déjeuner.

Le baron manda deux jeunes jardiniers qui savaient ramer, et prit avec lui son premier ministre Modinier. Le lac avait six arpents de largeur, quelquefois dix ou douze, et quatre cents arpents de long. Philomène eut bientôt atteint le fond qui se termine par la Dent de Vilard, la Jung-Frau de cette petite Suisse.

– Nous y voilà, monsieur le baron, dit Modinier en faisant signe aux deux jardiniers d'attacher la barque ; voulez-vous venir voir…

– Voir quoi ? demanda Philomène.

– Oh ! rien, dit le baron. Mais tu es une fille discrète, nous avons des secrets ensemble, je puis te dire ce qui me chiffonne l'esprit : il s'est ému depuis 1830 des difficultés entre la commune des Riceys et moi, précisément à cause de la Dent du Vilard, et je voudrais les accommoder sans que ta mère le sache, car elle est entière, elle est capable de jeter feu et flammes, surtout en apprenant que le maire des Riceys, un républicain, a inventé cette contestation pour courtiser son peuple.

Philomène eut le courage de déguiser sa joie, afin de mieux agir sur son père.

– Quelle contestation ? fit-elle.

– Mademoiselle, les gens des Riceys, dit Modinier, ont depuis longtemps droit de pâture et d'affouage dans leur côté de la Dent de Vilard. Or, monsieur Chantonnit, leur maire depuis 1830, prétend que la Dent tout entière appartient à sa commune, et soutient qu'il y a cent et quelques années on passait sur nos terres… Vous comprenez qu'alors nous ne serions plus chez nous. Puis ce sauvage en viendrait à dire, ce que disent les anciens des Riceys, que le terrain du lac a été pris par l'abbé de Watteville. C'est la mort des Rouxey, quoi !

– Hélas ! mon enfant, entre nous c'est vrai, dit naïvement monsieur de Watteville. Cette terre est une usurpation consacrée par le temps. Aussi, pour n'être jamais tourmenté, je voudrais proposer de définir à l'amiable mes limites de ce côté de la Dent de Vilard, et j'y bâtirais un mur.

– Si vous cédez devant la république, elle vous dévorera. C'était à vous de menacer les Riceys.

– C'est ce que je disais hier au soir à monsieur, répondit Modinier. Mais, pour abonder dans ce sens, je lui proposais de venir voir s'il n'y avait pas, de ce côté de la Dent ou de l'autre, à une hauteur quelconque, des traces de clôture.

Depuis cent ans, de part et d'autre on exploitait la Dent de Vilard, cette espèce de mur mitoyen entre la commune des Riceys et les Rouxey, qui ne rapportait pas grand'chose, sans en venir à des moyens extrêmes. L'objet en litige, étant couvert de neige six mois de l'année, était de nature à refroidir la question. Aussi fallut-il l'ardeur soufflée par la révolution de 1830 aux défenseurs du peuple, pour réveiller cette affaire par laquelle monsieur Chantonnit, maire des Riceys, voulait dramatiser son existence sur la tranquille frontière de Suisse et immortaliser son administration. Chantonnit, comme son nom l'indique, était originaire de Neufchâtel.

– Mon cher père, dit Philomène en rentrant dans la barque, j'approuve Modinier. Si vous voulez obtenir la mitoyenneté de la Dent de Vilard, il est nécessaire d'agir avec vigueur, et d'obtenir un jugement qui vous mette à l'abri des entreprises de ce Chantonnit. Pourquoi donc auriez-vous peur ? Prenez pour avocat le fameux Savaron, prenez-le promptement pour que Chantonnit ne le charge pas des intérêts de sa commune. Celui qui a gagné la cause du Chapitre contre la Ville, gagnera bien celle des Watteville contre les Riceys ! D'ailleurs, dit-elle, les Rouxey seront un jour à moi (le plus tard possible, je l'espère), eh ! bien, ne me laissez pas de procès. J'aime cette terre, et je l'habiterai souvent, je l'augmenterai tant que je pourrai. Sur ces rives, dit-elle en montrant les bases des deux Rouxey, je découperai des corbeilles, j'en ferai des jardins anglais ravissants… Allons à Besançon, et ne revenons ici qu'avec l'abbé de Grancey, monsieur Savaron et ma mère, si elle le veut. C'est alors que vous pourrez prendre un parti ; mais à votre place je l'aurais déjà pris. Vous vous nommez Watteville, et vous avez peur d'une lutte ! Si vous perdez le procès… tenez, je ne vous dirai pas un mot de reproche.

– Oh ! si tu le prends ainsi, dit le baron, je le veux bien, je verrai l'avocat.

– D'ailleurs un procès, mais c'est très-amusant. Il jette un intérêt dans la vie, l'on va, l'on vient, l'on se démène. N'aurez-vous pas mille démarches à faire pour arriver aux juges… Nous n'avons pas vu l'abbé de Grancey pendant plus de vingt jours, tant il était occupé !

– Mais il s'agissait de toute l'existence du Chapitre, dit monsieur de Watteville. Puis, l'amour-propre, la conscience de l'archevêque, tout ce qui fait vivre les prêtres y était engagé ! Ce Savaron ne sait pas ce qu'il a fait pour le Chapitre ! il l'a sauvé.

– Ecoutez-moi, lui dit-elle à l'oreille, si vous avez monsieur Savaron pour vous, vous aurez gagné, n'est-ce pas ? Eh ! bien, laissez-moi vous donner un conseil : vous ne pouvez avoir monsieur Savaron pour vous que par monsieur de Grancey. Si vous m'en croyez, parlons ensemble à ce cher abbé, sans que ma mère soit de la conférence, car je sais un moyen de le décider à nous amener l'avocat Savaron.

– Il sera bien difficile de n'en pas parler à ta mère !

– L'abbé de Grancey s'en chargera plus tard ; mais décidez-vous à promettre votre voix à l'avocat Savaron aux prochaines élections, et vous verrez !

– Aller aux élections ! prêter serment ! s'écria le baron de Watteville.

– Bah ! dit-elle.

– Et que dira ta mère ?

– Elle vous ordonnera peut-être d'y aller, répondit Philomène qui savait par la lettre d'Albert à Léopold les engagements du vicaire général.

Quatre jours après, l'abbé de Grancey se glissait un matin de très-bonne heure chez Albert de Savarus, après l'avoir prévenu la veille de sa visite. Le vieux prêtre venait conquérir le grand avocat à la maison Watteville, démarche qui révèle le tact et la finesse que Philomène avait souterrainement déployés.

– Que puis-je pour vous, monsieur le vicaire-général ? dit Savarus.

L'abbé, qui dégoisa l'affaire avec une admirable bonhomie, fut écouté froidement par Albert.

– Monsieur l'abbé, répondit-il, il m'est impossible de me charger des intérêts de la maison Watteville, et vous allez comprendre pourquoi. Mon rôle ici consiste à garder la plus exacte neutralité. Je ne veux pas prendre couleur, et dois rester une énigme jusqu'à la veille de mon élection. Or, plaider pour les Watteville, ce ne serait rien à Paris ; mais ici !… Ici où tout se commente, je serais pour tout le monde l'homme de votre faubourg Saint-Germain.

– Eh ! croyez-vous, dit l'abbé, que vous pourrez être inconnu, quand, au jour des élections, les candidats s'attaqueront ? Mais alors on saura que vous vous nommez Savaron de Savarus, que vous avez été maître des requêtes, que vous êtes un homme de la Restauration !

– Au jour des élections, dit Savarus, je serai tout ce qu'il faudra que je sois. Je compte parler dans les réunions préparatoires…

– Si monsieur de Watteville et son parti vous appuyait, vous auriez cent voix compactes et un peu plus sûres que celles sur lesquelles vous comptez. On peut toujours semer la division entre les intérêts, on ne sépare point les Convictions.

– Eh ! diable, reprit Savarus, je vous aime et puis faire beaucoup pour vous, mon père ! Peut-être y a-t-il des accommodements avec le diable. Quel que soit le procès de monsieur de Watteville, on peut, en prenant Girardet et le guidant, traîner la procédure jusqu'après les élections. Je ne me chargerai de plaider que le lendemain de mon élection.

– Faites une chose, dit l'abbé, venez à l'hôtel de Rupt ; il s'y trouve une petite personne de dix-huit ans qui doit avoir un jour cent mille livres de rentes, et vous paraîtrez lui faire la cour…

– Ah ! cette jeune fille que je vois souvent sur ce kiosque…

– Oui, mademoiselle Philomène, reprit l'abbé de Grancey. Vous êtes ambitieux. Si vous lui plaisiez, vous seriez tout ce qu'un ambitieux veut être : ministre. On est toujours ministre, quand à une fortune de cent mille livres de rentes on joint vos étonnantes capacités.

– Monsieur l'abbé, dit vivement Albert, mademoiselle de Watteville aurait encore trois fois plus de fortune et m'adorerait, qu'il me serait impossible de l'épouser…

– Vous seriez marié ? fit l'abbé de Grancey.

– Non pas à l'église, non pas à la mairie, dit Savarus, mais moralement.

– C'est pire quand on y tient autant que vous paraissez y tenir, répondit l'abbé. Tout ce qui n'est pas fait, peut se défaire. N'asseyez pas plus votre fortune et vos plans sur un vouloir de femme, qu'un homme sage ne compte sur les souliers d'un mort pour se mettre en route.

– Laissons mademoiselle de Watteville, dit gravement Albert, et convenons de nos faits. À cause de vous, que j'aime et respecte, je plaiderai, mais après les élections, pour monsieur de Watteville. Jusque-là, son affaire sera conduite par Girardet d'après mes avis. Voilà tout ce que je puis faire.

– Mais il y a des questions qui ne peuvent se décider que d'après une inspection des localités, dit le vicaire général.

– Girardet ira, répondit Savarus. Je ne veux pas me permettre, au milieu d'une ville que je connais très-bien, une démarche de nature à compromettre les immenses intérêts que cache mon élection.

L'abbé de Grancey quitta Savarus en lui lançant un regard fin par lequel il semblait se rire de la politique compacte du jeune athlète, tout en admirant sa résolution.

– Ah ! j'aurai jeté mon père dans un procès ! ah ! j'aurai tant fait pour l'introduire ici ! se disait Philomène du haut du kiosque en regardant l'avocat dans son cabinet, le lendemain de la conférence entre Albert et l'abbé de Grancey, dont le résultat lui fut dit par son père. J'aurai commis des péchés mortels, et tu ne viendrais pas dans le salon de l'hôtel de Rupt, et je n'entendrais pas ta voix si riche ? Tu mets des conditions à ton concours quand les Watteville et les Rupt le demandent !... Eh ! bien, Dieu le sait, je me contentais de ces petits bonheurs : te voir, t'entendre, aller aux Rouxey avec toi pour me les faire consacrer par ta présence. Je ne voulais pas davantage… Mais maintenant je serai ta femme !… Oui, oui, regarde ses portraits, examine ses salons, sa chambre, les quatre faces de sa villa, les points de vue de ses jardins. Tu attends sa statue ! je la rendrai de marbre elle-même pour toi !… Cette femme n'aime pas d'ailleurs. Les arts, les sciences, les lettres, le chant, la musique, lui ont pris la moitié de ses sens et de son intelligence. Elle est vieille d'ailleurs, elle a plus de trente ans, et mon Albert serait malheureux !

– Qu'avez-vous donc à rester là, Philomène ? lui dit sa mère en venant troubler les réflexions de sa fille. Monsieur de Soulas est au salon, et il remarquait votre attitude qui, certes, annonçait plus de pensées qu'on ne doit en avoir à votre âge.

– Monsieur de Soulas est ennemi de la pensée ? demanda-t-elle.

– Vous pensiez donc ? dit madame de Watteville.

– Mais oui, maman.

– Eh ! bien, non, vous ne pensiez pas. Vous regardiez les fenêtres de cet avocat ; occupation qui n'est ni convenable ni décente, et que monsieur de Soulas moins qu'un autre devait remarquer.

– Eh ! pourquoi ? dit Philomène.

– Mais, dit la baronne, il est temps que vous sachiez nos intentions : Amédée vous trouve bien, et vous ne serez pas malheureuse d'être comtesse de Soulas.

Pâle comme un lis, Philomène ne répondit rien à sa mère, tant la violence de ses sentiments contrariés la rendit stupide. Mais en présence de cet homme qu'elle haïssait profondément depuis un instant, elle trouva je ne sais quel sourire que trouvent les danseuses pour le public. Enfin elle put rire, elle eut la force de cacher sa fureur qui se calma, car elle résolut d'employer à ses desseins ce gros et niais jeune homme.

– Monsieur Amédée, lui dit-elle pendant un moment où la baronne était en avant d'eux dans le jardin en affectant de laisser les jeunes gens seuls, vous ignoriez donc que monsieur Albert Savaron de Savarus est légitimiste ?

– Légitimiste ?

– Avant 1830, il était maître des requêtes au conseil d'état, attaché à la présidence du conseil des ministres, bien vu du Dauphin et de la Dauphine. Il eût été bien à vous de ne pas dire du mal de lui ; mais il serait encore mieux d'aller aux Élections cette année, de le porter et d'empêcher ce pauvre monsieur de Chavoncourt de représenter la ville de Besançon.

– Quel intérêt subit prenez-vous donc à ce Savaron ?

– Monsieur Albert de Savarus, fils naturel du comte de Savarus (oh ! gardez-moi bien le secret sur cette indiscrétion), s'il est nommé député, sera notre avocat dans l'affaire des Rouxey. Les Rouxey, m'a dit mon père, seront ma propriété, j'y veux demeurer, c'est ravissant ! Je serais au désespoir de voir cette magnifique création du grand Watteville détruite…

– Diantre ! se dit Amédée en sortant de l'hôtel de Rupt, cette fille n'est pas sotte.

Monsieur de Chavoncourt est un royaliste qui appartient aux fameux Deux-Cent-Vingt-et-Un. Aussi, dès le lendemain de la révolution de juillet, prêcha-t-il la salutaire doctrine de la prestation du serment et de la lutte avec l'Ordre de choses à l'instar des torys contre les whigs en Angleterre. Cette doctrine ne fut pas accueillie par les Légitimistes qui, dans la défaite, eurent l'esprit de se diviser d'opinions et de s'en tenir à la force d'inertie et à la Providence. En butte à la défiance de son parti, monsieur de Chavoncourt parut aux gens du Juste-Milieu le plus excellent choix à faire ; ils préférèrent le triomphe de ses opinions modérées à l'ovation d'un républicain qui réunissait les voix des exaltés et des patriotes. Monsieur de Chavoncourt, homme très-estimé dans Besançon, représentait une vieille famille parlementaire : sa fortune, d'environ quinze mille francs de rente, ne choquait personne, d'autant plus qu'il avait un fils et trois filles. Quinze mille francs de rente ne sont rien avec de pareilles charges. Or, lorsqu'en de semblables circonstances, un père de famille reste incorruptible, il est difficile que des électeurs ne l'estiment pas. Les électeurs se passionnent pour le beau idéal de la vertu parlementaire, tout autant qu'un parterre pour la peinture de sentiments généreux qu'il pratique très-peu. Madame de Chavoncourt, alors âgée de quarante ans, était une des belles femmes de Besançon. Pendant les sessions, elle vivait petitement dans un de ses domaines afin de retrouver par ses économies les dépenses que faisait à Paris monsieur de Chavoncourt. En hiver, elle recevait honorablement un jour par semaine, le mardi ; mais en entendant très-bien son métier de maîtresse de maison. Le jeune Chavoncourt, âgé de vingt-deux ans, et un autre jeune gentilhomme, nommé monsieur de Vauchelles, pas plus riche qu'Amédée, et de plus son camarade de collége, étaient excessivement liés. Ils se promenaient ensemble à Granvelle, ils faisaient quelques parties de chasse ensemble ; ils étaient si connus pour être inséparables qu'on les invitait à la campagne ensemble. Philomène, également liée avec les petites Chavoncourt, savait que ces trois jeunes gens n'avaient point de secrets les uns pour les autres. Elle se dit que si monsieur de Soulas commettait une indiscrétion, ce serait avec ses deux amis intimes. Or, monsieur de Vauchelles avait son plan fait pour son mariage comme Amédée pour le sien : il voulait épouser Victoire, l'aînée des petites Chavoncourt, à laquelle une vieille tante devait assurer un domaine de sept mille francs de rente et cent mille francs d'argent au contrat. Victoire était la filleule et la prédilection de cette tante. Évidemment alors le jeune Chavoncourt et Vauchelles avertiraient monsieur de Chavoncourt du péril que les prétentions d'Albert allaient lui faire courir.

Mais ce ne fut pas assez pour Philomène, elle écrivit de la main gauche au préfet du département une lettre anonyme signée un ami de Louis-Philippe, où elle le prévenait de la candidature tenue secrète de monsieur Albert de Savarus, en lui faisant apercevoir le dangereux concours qu'un orateur royaliste prêterait à Berryer, et lui dévoilant la profondeur de la conduite tenue par l'avocat depuis deux ans à Besançon. Le préfet était un homme habile, ennemi personnel du parti royaliste, et dévoué par conviction au gouvernement de juillet, enfin un de ces hommes qui font dire, rue de Grenelle, au Ministère de l'Intérieur : – Nous avons un bon préfet à Besançon. Ce préfet lut la lettre, et, selon la recommandation, il la brûla.

Philomène voulait faire manquer l'élection d'Albert pour le conserver pendant cinq autres années à Besançon.

Les Élections furent alors une lutte entre les partis, et pour en triompher, le Ministère choisit son terrain en choisissant le moment de la lutte. Ainsi les Élections ne devaient avoir lieu qu'à trois mois de là. Quand un homme attend toute sa vie d'une élection, le temps qui s'écoule entre l'ordonnance de convocation des colléges électoraux et le jour fixé pour leurs opérations, est un temps pendant lequel la vie ordinaire est suspendue. Aussi Philomène comprit-elle combien de latitude lui laissaient pendant ces trois mois les préoccupations d'Albert. Elle obtint de Mariette, à qui, comme elle l'avoua plus tard, elle promit de la prendre ainsi que Jérôme à son service, de lui remettre les lettres qu'Albert enverrait en Italie et les lettres qui viendraient pour lui de ce pays. Et tout en machinant ses plans, cette étonnante fille faisait des pantoufles à son père de l'air le plus naïf du monde. Elle redoubla même de candeur et d'innocence en comprenant à quoi pouvait servir son air d'innocence et de candeur.

– Philomène devient charmante, disait la baronne de Watteville.

Deux mois avant les élections, une réunion eut lieu chez monsieur Boucher le père, composée de l'entrepreneur qui comptait sur les travaux du pont et des eaux d'Arcier, du beau-père de monsieur Boucher, de monsieur Granet, cet homme influent à qui Savarus avait rendu service et qui devait le proposer comme candidat, de l'avoué Girardet, de l'imprimeur de la Revue de l'Est et du président du tribunal de commerce. Enfin cette réunion compta vingt-sept de ces personnes appelées dans les provinces les gros bonnets. Chacune d'elles représentait en moyenne six voix ; mais en les recensant, elles furent portées à dix, car on commence toujours par s'exagérer à soi-même son influence. Parmi ces vingt-sept personnes, le préfet en avait une à lui, quelque faux-frère qui secrètement attendait une faveur du Ministère pour les siens ou pour lui-même. Dans cette première réunion, on convint de choisir l'avocat Savaron pour candidat, avec un enthousiasme que personne n'aurait pu espérer à Besançon. En attendant chez lui qu'Alfred Boucher vînt le chercher, Albert causait avec l'abbé de Grancey qui s'intéressait à cette immense ambition. Albert avait reconnu l'énorme capacité politique du prêtre, et le prêtre ému par les prières de ce jeune homme, avait bien voulu lui servir de guide et de conseil dans cette lutte suprême. Le Chapitre n'aimait pas monsieur de Chavoncourt : car le beau-frère de sa femme, président du tribunal, avait fait perdre le fameux procès en première instance.

– Vous êtes trahi, mon cher enfant, lui disait le fin et respectable abbé de cette voix douce et calme que se font les vieux prêtres.

– Trahi !… s'écria l'amoureux atteint au cœur.

– Et par qui, je n'en sais rien, répliqua le prêtre. La Préfecture est au fait de vos plans et lit dans votre jeu. Je ne puis vous donner en ce moment aucun conseil. De semblables affaires veulent être étudiées. Quant à ce soir, dans cette réunion, allez au-devant des coups qu'on va vous porter. Dites toute votre vie antérieure, vous atténuerez ainsi l'effet que cette découverte produirait sur les Bisontins.

– Oh ! je m'y suis attendu, dit Savarus d'une voix altérée.

– Vous n'avez pas voulu profiter de mon conseil, vous avez eu l'occasion de vous produire à l'hôtel de Rupt, vous ne savez pas ce que vous y auriez gagné...

– Quoi ?

– L'unanimité des royalistes, un accord momentané pour aller aux Élections... Enfin, plus de cent voix ! En y joignant ce que nous appelons entre nous les voix ecclésiastiques vous n'étiez pas encore nommé ; mais vous étiez maître de l'élection par le balotage. Dans ce cas, on parlemente, on arrive...

En entrant, Alfred Boucher, qui plein d'enthousiasme annonça le vœu de la réunion préparatoire, trouva le vicaire-général et l'avocat froids, calmes et graves.

– Adieu, monsieur l'abbé, dit Albert, nous causerons plus à fond de votre affaire après les Élections.

Et l'avocat prit le bras d'Alfred, après avoir serré significativement la main de monsieur de Grancey. Le prêtre regarda cet ambitieux, dont alors le visage eut cet air sublime que doivent avoir les généraux en entendant le premier coup de canon de la bataille. Il leva les yeux au ciel et sortit en se disant : – Quel beau prêtre il ferait !

L'éloquence n'est pas au barreau. Rarement l'avocat y déploie les forces réelles de l'âme, autrement il y périrait en quelques années. L'éloquence est rarement dans la Chaire aujourd'hui ; mais elle est dans certaines séances de la Chambre des Députés où l'ambitieux joue le tout pour le tout, où piqué de mille flèches il éclate à un moment donné. Mais elle est encore bien certainement chez certains êtres privilégiés dans le quart d'heure fatal où leurs prétentions vont échouer ou réussir, et où ils sont forcés de parler. Aussi dans cette réunion, Albert Savarus, en sentant la nécessité de se faire des séides, développa-t-il toutes les facultés de son âme et les ressources de son esprit. Il entra bien dans le salon, sans gaucherie ni arrogance, sans faiblesse, sans lâcheté, gravement, et se vit sans surprise au milieu de trente et quelques personnes. Déjà le bruit de la réunion et sa décision avaient amené quelques moutons dociles à la clochette. Avant d'écouter monsieur Boucher qui voulait lui lâcher un speech à propos de la résolution du Comité-Boucher, Albert réclama le silence en faisant un signe et serrant la main à monsieur Boucher, comme pour le prévenir d'un danger subitement advenu.

– Mon jeune ami, Alfred Boucher vient de m'annoncer l'honneur qui m'est fait. Mais avant que cette décision devienne définitive, dit l'avocat, je crois devoir vous expliquer quel est votre candidat, afin de vous laisser libres encore de reprendre vos paroles si mes déclarations troublaient vos consciences.

Cet exorde eut pour effet de faire régner un profond silence. Quelques hommes trouvèrent ce mouvement fort noble.

Albert expliqua sa vie antérieure en disant son vrai nom, ses œuvres sous la Restauration, en se faisant un homme nouveau depuis son arrivée à Besançon, en prenant des engagements pour l'avenir. Cette improvisation tint, dit-on, tous les auditeurs haletants. Ces hommes à intérêts si divers furent subjugués par l'admirable éloquence sortie bouillante du cœur et de l'âme de cet ambitieux. L'admiration empêcha toute réflexion. On ne comprit qu'une seule chose, la chose qu'Albert voulait jeter dans ces têtes.

Ne valait-il pas mieux pour une ville avoir un de ces hommes destinés à gouverner la société toute entière, qu'une machine à voter ? Un homme d'état apporte tout un pouvoir, le député médiocre mais incorruptible n'est qu'une conscience. Quelle gloire pour la Provence d'avoir deviné Mirabeau, d'avoir envoyé depuis 1830 le seul homme d'Etat qu'ait produit la révolution de Juillet !

Soumis à la pression de cette éloquence, tous les auditeurs la crurent de force à devenir un magnifique instrument politique dans leur représentant. Ils virent tous Savarus le ministre dans Albert Savaron. En devinant les secrets calculs de ses auditeurs, l'habile candidat leur fit entendre qu'ils acquéraient, eux les premiers, le droit de se servir de son influence.

Cette profession de foi, cette déclaration d'ambitieux, ce récit de sa vie et de son caractère fut, au dire du seul homme capable de juger Savarus et qui depuis est devenu l'une des capacités de Besançon, un chef-d'œuvre d'adresse, de sentiment, de chaleur, d'intérêt et de séduction. Ce tourbillon enveloppa les électeurs. Jamais homme n'eut un pareil triomphe. Mais malheureusement la Parole, espèce d'arme à bout portant, n'a qu'un effet immédiat. La Réflexion tue la Parole quand la Parole n'a pas triomphé de la Réflexion. Si l'on eût voté, certes le nom d'Albert sortait de l'urne ! À l'instant même il était vainqueur. Mais il lui fallait vaincre ainsi tous les jours pendant deux mois. Albert sortit palpitant. Applaudi par des Bisontins, il avait obtenu le grand résultat de tuer par avance les méchants propos auxquels donneraient lieu ses antécédents. Le commerce de Besançon fit de l'avocat Savaron de Savarus son candidat. L'enthousiasme d'Alfred Boucher, contagieux d'abord, devait à la longue devenir maladroit.

Le préfet, épouvanté de ce succès, se mit à compter le nombre des voix ministérielles, et sut se ménager une entrevue secrète avec monsieur de Chavoncourt, afin de se coaliser dans l'intérêt commun. Chaque jour, et sans qu'Albert pût savoir comment, les voix du Comité-Boucher diminuèrent. Un mois avant les Élections, Albert se voyait à peine soixante voix. Rien ne résistait au lent travail de la Préfecture. Trois ou quatre hommes habiles disaient aux clients de Savarus : « Le député plaidera-t-il et gagnera-t-il vos affaires ? vous donnera-t-il ses conseils, fera-t-il vos traités, vos transactions ? Vous l'aurez pour esclave encore pour cinq ans, si au lieu de l'envoyer à la Chambre, vous lui donnez seulement l'espérance d'y aller dans cinq ans. » Ce calcul fut d'autant plus nuisible à Savarus, que déjà quelques femmes de négociants l'avaient fait. Les intéressés à l'affaire du pont et ceux des eaux d'Arcier ne résistèrent pas à une conférence avec un adroit ministériel, qui leur prouva que la protection pour eux était à la Préfecture et non pas chez un ambitieux. Chaque jour fut une défaite pour Albert, quoique chaque jour fût une bataille dirigée par lui, mais jouée par ses lieutenants, une bataille de mots, de discours, de démarches. Il n'osait aller chez le vicaire-général, et le vicaire-général ne se montrait pas. Albert se levait et se couchait avec la fièvre et le cerveau tout en feu.

Enfin arriva le jour de la première lutte, ce qu'on appelle une réunion préparatoire, où les voix se comptent, où les candidats jugent leurs chances, et où les gens habiles peuvent prévoir la chute ou le succès. C'est une scène de hustings honnête, sans populace, mais terrible : les émotions, pour ne pas avoir d'expression physique comme en Angleterre, n'en sont pas moins profondes. Les Anglais font les choses à coups de poings, en France elles se font à coups de phrases. Nos voisins ont une bataille, les Français jouent leur sort par de froides combinaisons élaborées avec calme. Cet acte politique se passe à l'inverse du caractère des deux nations. Le parti radical eut son candidat, monsieur de Chavoncourt se présenta, puis vint Albert qui fut accusé par les radicaux et par le Comité-Chavoncourt d'être un homme de la Droite sans transaction, un double de Berryer. Le Ministère avait son candidat, un homme sacrifié qui servait à masser les votes ministériels purs. Les voix ainsi divisées n'arrivèrent à aucun résultat. Le candidat républicain eut vingt voix, le Ministère en réunit cinquante, Albert en compta soixante-dix, monsieur de Chavoncourt en obtint soixante-sept. Mais la perfide Préfecture avait fait voter pour Albert trente de ses voix les plus dévouées, afin d'abuser son antagoniste. Les voix de monsieur de Chavoncourt, réunies aux quatre-vingts voix réelles de la préfecture, devenaient maîtresses de l'élection pour peu que le préfet sût détacher quelques voix du parti radical. Cent soixante voix manquaient, les voix de monsieur de Grancey, et les voix légitimistes. Une réunion préparatoire est aux Élections ce qu'est au Théâtre une répétition générale, ce qu'il y a de plus trompeur au monde. Albert Savarus revint chez lui, faisant bonne contenance, mais mourant. Il avait eu l'esprit, le génie, ou le bonheur de conquérir dans ces quinze derniers jours deux hommes dévoués, le beau-père de Girardet et un vieux négociant très-fin chez qui l'envoya monsieur de Grancey. Ces deux braves gens, devenus ses espions, semblaient être les plus ardents ennemis de Savarus dans les camps opposés. Sur la fin de la séance préparatoire, ils apprirent à Savarus par l'intermédiaire de monsieur Boucher que trente voix inconnues faisaient contre lui, dans son parti, le métier qu'ils faisaient pour son compte chez les autres ? Un criminel qui marche au supplice ne souffre pas ce qu'Albert souffrit en revenant chez lui de la salle où son sort s'était joué. L'amoureux au désespoir ne voulut être accompagné de personne. Il marcha seul par les rues, entre onze heures et minuit.

À une heure du matin, Albert, que depuis trois jours le sommeil ne visitait plus, était assis dans sa bibliothèque, sur un fauteuil à la Voltaire, la tête pâle comme s'il allait expirer, les mains pendantes, dans une pose d'abandon digne de la Magdeleine. Des larmes roulaient entre ses longs cils, de ces larmes qui mouillent les yeux et qui ne roulent pas sur les joues : la pensée les boit, le feu de l'âme les dévore ! Seul, il pouvait pleurer. Il aperçut alors sous le kiosque une forme blanche qui lui rappela Francesca.

– Et voici trois mois que je n'ai reçu de lettre d'elle ! Que devient-elle ? je suis resté deux mois sans lui rien écrire, mais je l'ai prévenue. Est-elle malade ? Ô mon amour ! ô ma vie ! sauras-tu jamais ce que j'ai souffert ? Quelle fatale organisation est la mienne ! Ai-je un anévrisme ? se demanda-t-il en sentant son cœur qui battait si violemment que les pulsations retentissaient dans le silence comme si de légers grains de sable eussent frappé sur une grosse caisse.

En ce moment trois coups discrets retentirent à la porte d'Albert, il alla promptement ouvrir, et faillit se trouver mal de joie en voyant au vicaire-général un air gai, l'air du triomphe. Il saisit l'abbé de Grancey, sans lui dire un mot, le tint dans ses bras, le serra, laissant aller sa tête sur l'épaule de ce vieillard. Et il redevint enfant, il pleura comme il avait pleuré quand il sut que Francesca Soderini était mariée. Il ne laissa voir sa faiblesse qu'à ce prêtre sur le visage de qui brillaient les lueurs d'une espérance. Le prêtre avait été sublime, et aussi fin que sublime.

– Pardon, cher abbé, mais vous êtes venu dans un de ces moments suprêmes où l'homme disparaît, car ne me croyez pas un ambitieux vulgaire.

– Oui, je le sais, reprit l'abbé, vous avez écrit l'ambitieux par amour ! Hé ! mon enfant, c'est un désespoir d'amour qui m'a fait prêtre en 1786, à vingt-deux ans. En 1788, j'étais curé. Je sais la vie. J'ai déjà refusé trois évêchés, je veux mourir à Besançon.

– Venez la voir ? s'écria Savarus en prenant la bougie et menant l'abbé dans le cabinet magnifique où se trouvait le portrait de la duchesse d'Argaiolo qu'il éclaira.

– C'est une de ces femmes qui sont faites pour régner ! dit le vicaire en comprenant ce qu'Albert lui témoignait d'affection par cette muette confidence. Mais il y a bien de la fierté sur ce front, il est implacable, elle ne pardonnerait pas une injure ! C'est un archange Michel, l'ange des exécutions, l'ange inflexible… Tout ou rien ! est la devise de ces caractères angéliques. Il y a je ne sais quoi de divinement sauvage dans cette tête !…

– Vous l'avez bien devinée, s'écria Savarus. Mais, mon cher abbé, voici plus de douze ans qu'elle règne sur ma vie, et je n'ai pas une pensée à me reprocher…

– Ah ! si vous en aviez autant fait pour Dieu ?… dit naïvement l'abbé. Parlons de vos affaires. Voici dix jours que je travaille pour vous. Si vous êtes un vrai politique, vous suivrez mes conseils cette fois-ci. Vous n'en seriez pas où vous en êtes, si vous étiez allé quand je vous le disais à l'hôtel de Rupt ; mais vous irez demain, je vous y présente le soir. La terre des Rouxey est menacée il faut plaider dans deux jours. L'Élection ne se fera pas avant trois jours. On aura soin de ne pas avoir fini de constituer le bureau le premier jour ; nous aurons plusieurs scrutins, et vous arriverez par un ballottage…

— Et comment ?…

— En gagnant le procès des Rouxey, vous aurez quatre-vingts voix légitimistes, ajoutez-les aux trente voix dont je dispose, nous arrivons à cent dix. Or, comme il vous en restera vingt du Comité-Boucher, vous en posséderez en tout cent trente.

— Hé ! bien, dit Albert, il en faut soixante-quinze de plus…

— Oui, dit le prêtre, car tout le reste est au Ministère. Mais, mon enfant, vous avez à vous deux cents voix, et la Préfecture n'en a que cent quatre-vingts.

— J'ai deux cents voix ?… dit Albert qui demeura stupide d'étonnement après s'être dressé sur ses pieds comme poussé par un ressort.

— Vous avez les voix de monsieur de Chavoncourt, reprit l'abbé.

— Et comment ? dit Albert.

— Vous épousez mademoiselle Sidonie de Chavoncourt.

— Jamais !

— Vous épousez mademoiselle Sidonie de Chavoncourt, répéta froidement le prêtre.

— Mais voyez ? elle est implacable, dit Albert en montrant Francesca.

– Vous épousez mademoiselle Chavoncourt, répéta froidement le prêtre pour la troisième fois.

Cette fois Albert comprit. Le vicaire-général ne voulait pas tremper dans le plan qui souriait enfin à ce politique au désespoir. Une parole de plus eût compromis la dignité, l'honnêteté du prêtre.

– Vous trouverez demain à l'hôtel de Rupt madame de Chavoncourt et sa seconde fille, vous la remercierez de ce qu'elle doit faire pour vous, vous lui direz que votre reconnaissance est sans bornes ; enfin vous lui appartenez corps et âme, votre avenir est désormais celui de sa famille, vous êtes désintéressé, vous avez une si grande confiance en vous que vous regardez une nomination de député comme une dot suffisante. Vous aurez un combat avec madame de Chavoncourt, elle voudra votre parole. Cette soirée, mon fils, est tout votre avenir. Mais, sachez-le, je ne suis pour rien là-dedans. Moi, je ne suis coupable que des voies légitimistes, je vous ai conquis madame de Watteville, et c'est toute l'aristocratie de Besançon. Amédée de Soulas et Vauchelles, qui voteront pour vous, ont entraîné la jeunesse, madame de Watteville vous aura les vieillards. Quant à mes voix, elles sont infaillibles.

– Qui donc a tourné madame de Chavoncourt ? demanda Savarus.

– Ne me questionnez pas, répondit l'abbé. Monsieur de Chavoncourt, qui a trois filles à marier, est incapable d'augmenter sa fortune. Si Vauchelles épouse la première sans dot, à cause de la vieille tante qui finance au contrat, que faire des deux autres ? Sidonie a seize ans, et vous avez des trésors dans votre ambition. Quelqu'un a dit à madame de Chavoncourt qu'il valait mieux marier sa fille que d'envoyer son mari manger de l'argent à Paris. Ce quelqu'un mène madame de Chavoncourt, et madame de Chavoncourt mène son mari.

– Assez, cher abbé ! Je comprends, Une fois nommé député, j'ai la fortune de quelqu'un à faire, et en la faisant splendide je serai dégagé de ma parole. Vous avez en moi un fils, un homme qui vous devra son bonheur. Mon Dieu ! qu'ai-je fait pour mériter une si véritable amitié ?

– Vous avez fait triompher le Chapitre, dit en souriant le vicaire général. Maintenant gardez le secret du tombeau sur tout ceci ? Nous ne sommes rien, nous ne faisons rien. Si l'on nous savait nous mêlant d'élections, nous serions mangés tout crus par les puritains de la Gauche qui font pis, et blâmés par quelques-uns des nôtres. Madame de Chavoncourt ne se doute pas de ma participation dans tout ceci. Je ne me suis fié qu'à madame de Watteville sur qui nous pouvons compter comme sur nous-mêmes.

– Je vous amènerai la duchesse pour que vous nous bénissiez ! s'écria l'ambitieux.

Après avoir reconduit le vieux prêtre, Albert se coucha dans les langes du pouvoir.

À neuf heures du soir, le lendemain, comme chacun peut se l'imaginer, les salons de madame la baronne de Watteville étaient remplis par l'aristocratie bisontine convoquée extraordinairement. On y discutait l'exception d'aller aux Élections pour faire plaisir à la fille des de Rupt. On savait que l'ancien maître des requêtes, le secrétaire d'un des plus fidèles ministres de la branche aînée, allait être introduit. Madame de Chavoncourt était venue avec sa seconde fille Sidonie mise divinement bien, tandis que l'aînée, sûre de son prétendu, n'avait recours à aucun artifice de toilette. Ces petites choses s'observent en province. L'abbé de Grancey montrait sa belle tête fine, de groupe en groupe, écoutant, n'ayant l'air de se mêler de rien, mais disant de ces mots incisifs qui résument les questions et les commandent.

– Si la branche aînée revenait, disait-il à un ancien homme d'État septuagénaire, quels politiques trouverait-elle ? – Seul sur son banc, Berryer ne sait que devenir ; s'il avait soixante voix, il entraverait le gouvernement dans bien des occasions et renverserait des ministères ! – On va nommer le duc de Fitz-James à Toulouse. – Vous ferez gagner à monsieur de Watteville son procès ! – Si vous votez pour monsieur de Savarus, les républicains voteront avec vous plutôt que de voter avec les juste-milieu ! Etc., etc.

À neuf heures, Albert n'était pas encore venu. Madame de Watteville voulut voir une impertinence dans un pareil retard.

– Chère baronne, dit madame de Chavoncourt, ne faisons pas dépendre d'une vétille de si sérieuses affaires. Quelque botte vernie qui tarde à sécher... une consultation retiennent peut-être monsieur de Savarus.

Philomène regarda madame de Chavoncourt de travers.

– Elle est bien bonne pour monsieur de Savarus, dit Philomène tout bas à sa mère.

– Mais, reprit la baronne en souriant, il s'agit d'un mariage entre Sidonie et monsieur de Savarus.

Philomène alla brusquement vers une croisée qui donnait sur le jardin. À dix heures monsieur de Savarus n'avait pas encore paru. L'orage qui grondait éclata. Quelques nobles se mirent à jouer, trouvant la chose intolérable. L'abbé de Grancey, qui ne savait que penser, alla vers la fenêtre où Philomène s'était cachée et dit tout haut, tant il était stupéfait : – Il doit être mort ! Le vicaire-général sortit dans le jardin suivi de monsieur de Watteville, de Philomène, et tous trois ils montèrent sur le kiosque. Tout était fermé chez Albert, aucune lumière ne s'apercevait.

– Jérôme ! cria Philomène en voyant le domestique dans la cour. L'abbé de Grancey regarda Philomène. – Où donc est votre maître ? dit Philomène au domestique venu au pied du mur.

– Parti, en poste ! mademoiselle.

– Il est perdu, s'écria l'abbé de Grancey, ou heureux !

La joie du triomphe ne fut pas si bien étouffée sur la figure de Philomène qu'elle ne fût devinée par le vicaire-général qui feignit de ne s'apercevoir de rien.

– Qu'est-ce que Philomène a pu faire en ceci ? se demandait le prêtre.

Tous trois, ils rentrèrent dans les salons où monsieur de Watteville annonça l'étrange, la singulière, l'ébouriffante nouvelle du départ de l'avocat Albert Savaron de Savarus en poste, sans qu'on sût les motifs de cette disparition. À onze heures et demie, il ne restait plus que quinze personnes, parmi lesquelles se trouvait madame de Chavoncourt et l'abbé de Godenars, autre vicaire-général, homme d'environ quarante ans qui voulait être évêque, les deux demoiselles de Chavoncourt et monsieur de Vauchelles, l'abbé de Grancey, Philomène, Amédée de Soulas et un ancien magistrat démissionnaire, l'un des plus influents personnages de la haute société de Besançon qui tenait beaucoup à l'élection d'Albert Savarus. L'abbé de Grancey se mit à côté de la baronne de manière à regarder Philomène dont la figure, ordinairement pâle, offrait alors une coloration fiévreuse.

– Que peut-il être arrivé à monsieur de Savarus ? dit madame de Chavoncourt.

En ce moment un domestique en livrée apporta sur un plat d'argent une lettre à l'abbé de Grancey.

– Lisez, dit la baronne.

Le vicaire-général lut la lettre, et vit Philomène devenir soudain blanche comme son fichu.

– Elle reconnaît l'écriture, se dit-il après avoir jeté sur la jeune fille un regard par-dessus ses lunettes. Il plia la lettre et la mit froidement dans sa poche sans dire un mot. En trois minutes il reçut de Philomène trois regards qui lui suffirent à tout deviner. – Elle aime Albert Savarus ! pensa le vicaire-général. Il se leva, Philomène reçut une commotion ; il salua, fit quelques pas vers la porte, et, dans le second salon, il fut rejoint par Philomène qui lui dit :

– Monsieur de Grancey, c'est de lui ! d'Albert !

– Comment pouvez-vous assez connaître son écriture pour la distinguer de si loin !

Cette fille, prise dans les lacs de son impatience et de sa colère, dit un mot que l'abbé trouva sublime.

– Parce que je l'aime ! Qu'y a-t-il ! dit-elle après une pause.

– Il renonce à son élection, répondit l'abbé.

Philomène se mit un doigt sur les lèvres.

– Je demande le secret comme pour une confession, dit-elle, avant de rentrer au salon. S'il n'y a plus d'élection, il n'y aura plus de mariage avec Sidonie !

Le lendemain matin, Philomène, en allant à la messe, apprit par Mariette une partie des circonstances qui motivaient la disparition d'Albert au moment le plus critique de sa vie.

– Mademoiselle, il est arrivé de Paris dans la matinée à l'Hôtel National un vieux monsieur qui avait sa voiture, une belle voiture à quatre chevaux, un courrier en avant et un domestique. Enfin, Jérôme, qui a vu la voiture au départ, prétend que ce ne peut être qu'un prince ou qu'un milord.

– Y avait-il sur la voiture une couronne fermée ! dit Philomène.

– Je ne sais pas, dit Mariette. Sur le coup de deux heures, il est venu chez monsieur Savarus en lui faisant remettre sa carte. En la voyant, monsieur, dit Jérôme, est devenu blanc comme un linge et il a dit de faire entrer. Comme il a fermé lui-même sa porte à clef, il est impossible de savoir ce que ce vieux monsieur et l'avocat se sont dit ; mais ils sont restés environ une heure ensemble ; après quoi le vieux monsieur, accompagné de l'avocat, a fait monter son domestique. Jérôme a vu sortir ce domestique avec un immense paquet long de quatre pieds qui avait l'air d'une grosse toile à canevas. Le vieux monsieur tenait à la main un gros paquet de papiers. L'avocat, plus pâle que s'il allait mourir, lui qui est si fier, si digne, était dans un état à faire pitié… Mais il agissait si respectueusement avec le vieux monsieur qu'il n'aurait pas eu plus d'égards pour le roi. Jérôme et monsieur Albert Savaron ont accompagné ce vieillard jusqu'à sa voiture, qui se trouvait tout attelée de quatre chevaux. Le courrier est parti sur le coup de trois heures. Monsieur est allé droit à la Préfecture, et de là chez monsieur Gentillet qui lui a vendu la vieille calèche de voyage de feu madame Saint-Vier, puis il a commandé des chevaux à la poste pour six heures. Il est rentré chez lui pour faire ses paquets ; sans doute il a écrit plusieurs billets ; enfin il a mis ordre à ses affaires avec monsieur Girardet qui est venu et qui est resté jusqu'à sept heures. Jérôme a porté un mot chez monsieur Boucher où monsieur était attendu à dîner. Pour lors, à sept heures et demie, l'avocat est parti, laissant trois mois de gages à Jérôme et lui disant de chercher une place. Il a laissé ses clefs à monsieur Girardet qu'il a reconduit chez lui, et chez qui, dit Jérôme, il a pris une soupe, car monsieur Girardet n'avait pas encore dîné à sept heures et demie. Quand monsieur Savaron est remonté dans sa voiture, il était comme un mort.

Jérôme, qui naturellement a salué son maître, l'a entendu disant au postillon : Route de Genève.

– Jérôme a-t-il demandé le nom de l'étranger à l'Hôtel National ?

– Comme le vieux monsieur ne faisait que passer, on ne le lui a pas demandé. Le domestique, par ordre sans doute, avait l'air de ne pas parler français.

– Et la lettre qu'a reçue si tard l'abbé de Grancey ? dit Philomène.

– C'est sans doute monsieur Girardet qui devait la lui remettre ; mais Jérôme dit que ce pauvre monsieur Girardet, qui aime l'avocat Savaron, était tout aussi saisi que lui. Celui qui est venu avec mystère s'en va, dit mademoiselle Galard, avec mystère.

Philomène eut à partir de ce récit un air penseur et absorbé qui fut visible pour tout le monde. Il est inutile de parler du bruit que fit dans Besançon la disparition de l'avocat Savaron. On sut que le préfet s'était prêté de la meilleure grâce du monde à lui expédier à l'instant un passeport pour l'étranger, car il se trouvait ainsi débarrassé de son seul adversaire. Le lendemain, monsieur de Chavoncourt fut nommé d'emblée à une majorité de cent quarante voix.

– Jean s'en alla comme il était venu, dit un électeur en apprenant la fuite d'Albert Savaron.

Cet événement vint à l'appui des préjugés qui existent à Besançon contre les étrangers et qui, deux ans auparavant, s'étaient corroborés à propos de l'affaire du journal républicain. Puis dix jours après, il n'était plus question d'Albert de Savarus. Trois personnes seulement, l'avoué Girardet, le vicaire-général et Philomène étaient gravement affectés par cette disparition. Girardet savait que l'étranger aux cheveux blancs était le prince Soderini, car il avait vu la carte, il le dit au vicaire-général ; mais Philomène, beaucoup plus instruite qu'eux, connaissait depuis environ trois mois la nouvelle de la mort du duc d'Argaiolo.

Au mois d'avril 1836, personne n'avait eu de nouvelles ni entendu parler de monsieur Albert de Savarus. Jérôme et Mariette allaient se marier ; mais la baronne avait dit confidentiellement à sa femme de chambre d'attendre le mariage de Philomène, et que les deux noces se feraient ensemble.

– Il est temps de marier Philomène, dit un jour la baronne à monsieur de Watteville, elle a dix-neuf ans, et depuis quelques mois elle change à faire peur…

– Je ne sais pas ce qu'elle a, dit le baron.

– Quand les pères ne savent pas ce qu'ont leurs filles, les mères le devinent, dit la baronne, il faut la marier.

– Je le veux bien, dit le baron, et pour mon compte je lui donne les Rouxey, maintenant que le tribunal nous a mis d'accord avec la commune des Riceys en fixant mes limites à trois cents mètres à partir de la base de la Dent de Vilard. On y creuse un fossé pour recevoir toutes les eaux et les diriger dans le lac. La Commune n'a pas appelé, le jugement est définitif.

– Vous n'avez pas encore deviné, dit la baronne, que ce jugement me coûte trente mille francs donnés à Chantonnit. Ce paysan ne voulait pas autre chose, il a l'air d'avoir gain de cause pour sa commune, et il nous a vendu la paix. Si vous donnez les Rouxey, vous n'aurez plus rien, dit la baronne.

– Je n'ai pas besoin de grand'chose, dit le baron, je m'en vais…

– Vous mangez comme un ogre.

– Précisément : j'ai beau manger, je me sens les jambes de plus en plus faibles…

– C'est de tourner, dit la baronne.

– Je ne sais pas, dit le baron.

– Nous marierons Philomène à monsieur de Soulas ; si vous lui donnez les Rouxey, réservez-vous-en la jouissance ; moi je leur donnerai vingt-quatre mille francs de rente sur le grand-livre. Nos enfants demeureront ici, je ne les vois pas bien malheureux…

– Non, je leur donne les Rouxey tout à fait. Philomène aime les Rouxey.

– Vous êtes singulier avec votre fille ! vous ne me demandez pas à moi si j'aime les Rouxey ?

Philomène, appelée incontinent, apprit qu'elle épouserait monsieur Amédée de Soulas dans les premiers jours du mois de mai.

– Je vous remercie, ma mère, et vous mon père, d'avoir pensé à mon établissement, mais je ne veux pas me marier, je suis très-heureuse d'être avec vous…

– Des phrases ! dit la baronne. Vous n'aimez pas monsieur le comte de Soulas, voilà tout.

– Si vous voulez savoir la vérité, je n'épouserai jamais monsieur de Soulas…

– Oh ! le jamais d'une fille de dix-neuf ans ! reprit la baronne en souriant avec amertume.

— Le jamais de mademoiselle de Watteville, reprit Philomène avec un accent prononcé. Mon père n'a pas, je pense, l'intention de me marier sans mon consentement ?

— Oh ! ma foi, non, dit le pauvre baron en regardant sa fille avec tendresse.

— Eh ! bien, répliqua sèchement la baronne en contenant une fureur de dévote surprise de se voir bravée à l'improviste, chargez-vous, monsieur de Watteville, d'établir vous-même votre fille ! Songez-y bien, Philomène : si vous ne vous mariez pas à mon gré, vous n'aurez rien de moi pour votre établissement.

La querelle ainsi commencée entre madame de Watteville et le baron qui appuyait sa fille, alla si loin que Philomène et son père furent obligés de passer la belle saison aux Rouxey ; l'habitation de l'hôtel de Rupt leur était devenue insupportable. On apprit alors dans Besançon que mademoiselle de Watteville avait positivement refusé monsieur le comte de Soulas. Après leur mariage, Jérôme et Mariette étaient venus aux Rouxey pour succéder un jour à Modinier. Le baron répara, restaura la Chartreuse au goût de sa fille. En apprenant que cette réparation coûtait environ soixante mille francs, que Philomène et son père faisaient construire une serre, la baronne reconnut quelque levain de malice dans sa fille. Le baron acheta plusieurs enclaves et un petit domaine d'une valeur de trente mille francs. On dit à madame de Watteville que loin d'elle Philomène se montrait une maîtresse-fille, elle étudiait les moyens de faire valoir les Rouxey, s'était donné une amazone et montait à cheval ; son père, qu'elle rendait heureux, qui ne se plaignait plus de sa santé, qui devenait gras, l'accompagnait dans ses excursions. Aux approches de la fête de la baronne, qui se nommait Louise, le vicaire-général vint alors aux Rouxey, sans doute envoyé par madame de Watteville et par monsieur de Soulas pour négocier la paix entre la mère et la fille.

– Cette petite Philomène a de la tête, disait-on dans Besançon.

Après avoir noblement payé les quatre-vingt-dix mille francs dépensés aux Rouxey, la baronne faisait passer à son mari mille francs par mois environ pour y vivre : elle ne voulait pas se donner des torts. Le père et la fille ne demandèrent pas mieux que de retourner, le quinze août, à Besançon, pour y rester jusqu'à la fin du mois. Quand le vicaire-général, après le dîner, prit Philomène à part pour entamer la question du mariage en lui faisant comprendre qu'il ne fallait plus compter sur Albert de qui, depuis un an, on n'avait aucune nouvelle, il fut arrêté net par un geste de Philomène. Cette bizarre fille saisit monsieur de Grancey par le bras et l'amena sur un banc, sous un massif de rhododendron, d'où se découvrait le lac.

– Écoutez, cher abbé, vous que j'aime autant que mon père, car vous avez de l'affection pour mon Albert, il faut enfin vous l'avouer, j'ai commis des crimes pour être sa femme, et il doit être mon mari… Tenez, lisez !

Elle lui tendit un numéro de gazette qu'elle avait dans la poche de son tablier, en lui indiquant l'article suivant sous la rubrique de Florence, au 25 mai.

« Le mariage de monsieur le duc de Rhétoré, fils aîné de monsieur le duc de Chaulieu, ancien ambassadeur, avec madame la duchesse d'Argaiolo, née princesse Soderini, s'est célébré avec beaucoup d'éclat. Des fêtes nombreuses, données à l'occasion de ce mariage, animent en ce moment la ville de Florence. La fortune de madame la duchesse d'Argaiolo est une des plus considérables de l'Italie, car le feu duc l'avait instituée sa légataire universelle. »

– Celle qu'il aimait est mariée, dit-elle, je les ai séparés !

– Vous, et comment ? dit l'abbé.

Philomène allait répondre, lorsqu'un grand cri jeté par deux jardiniers, et précédé du bruit d'un corps tombant à l'eau, l'interrompit, elle se leva, courut en criant : – Oh ! mon père... Elle ne voyait plus le baron.

En voulant prendre un fragment de granit où il crut apercevoir l'empreinte d'un coquillage, fait qui eût souffleté quelque système de géologie, monsieur de Watteville s'était avancé sur le talus, avait perdu l'équilibre et roulé dans le lac dont la plus grande profondeur se trouve naturellement au pied de la chaussée. Les jardiniers eurent une peine infinie à faire prendre au baron une perche en fouillant à l'endroit où bouillonnait l'eau ; mais enfin ils le ramenèrent couvert de vase où il était entré très-avant et où il enfonçait davantage en se débattant. Monsieur de Watteville avait beaucoup dîné, sa digestion était commencée, elle fut interrompue. Quand il eut été déshabillé, nettoyé, mis au lit, il fut dans un état si visiblement dangereux, que deux domestiques montèrent à cheval, l'un pour Besançon, l'autre pour aller chercher au plus près un médecin et un chirurgien.

Quand madame de Watteville arriva huit heures après l'événement avec les premiers chirurgien et médecin de Besançon, ils trouvèrent monsieur de Watteville dans un état désespéré, malgré les soins intelligents du médecin des Riceys. La peur déterminait une infiltration séreuse au cerveau, la digestion arrêtée achevait de tuer le pauvre baron.

Cette mort, qui n'aurait pas eu lieu si, disait madame de Watteville, son mari était resté à Besançon, fut attribuée par elle à la résistance de sa fille qu'elle prit en aversion en se livrant à une douleur et à des regrets évidemment exagérés. Elle appela le baron son cher agneau ! Le dernier Watteville fut enterré dans un îlot du lac des Rouxey, où la baronne fit élever un petit monument gothique en marbre blanc, pareil à celui dit d'Héloïse au Père-Lachaise.

Un mois après cet événement, la baronne et sa fille vivaient à l'hôtel de Rupt dans un sauvage silence. Philomène était en proie à une douleur sérieuse, qui ne s'épanchait point au dehors : elle s'accusait de la mort de son père et soupçonnait un autre malheur, encore plus grand à ses yeux, et bien certainement son ouvrage ; car, ni l'avoué Girardet, ni l'abbé de Grancey n'obtenaient de lumières sur le sort d'Albert. Ce silence était effrayant. Dans un paroxisme de repentir, elle éprouva le besoin de révéler au vicaire-général les affreuses combinaisons par lesquelles elle avait séparé Francesca d'Albert. Ce fut quelque chose de simple et de formidable. Mademoiselle de Watteville avait supprimé les lettres d'Albert à la duchesse, et celle par laquelle Francesca annonçait à son amant la maladie de son mari en le prévenant qu'elle ne pourrait plus lui répondre pendant le temps qu'elle se consacrerait, comme elle le devait, au moribond. Ainsi pendant les préoccupations d'Albert relativement aux élections, la duchesse ne lui avait écrit que deux lettres, celle où elle lui apprenait le danger du duc d'Argaiolo, celle où elle lui disait qu'elle était veuve, deux nobles et sublimes lettres que Philomène garda. Après avoir travaillé pendant plusieurs nuits, Philomène était parvenue à imiter parfaitement l'écriture d'Albert. Aux véritables lettres de cet amant fidèle, elle avait substitué trois lettres dont les brouillons communiqués au vieux prêtre le firent frémir, tant le génie du mal y apparaissait dans toute sa perfection. Philomène, tenant la plume pour Albert, y préparait la duchesse au changement du Français faussement infidèle. Philomène avait répondu à la nouvelle de la mort du duc d'Argaiolo par la nouvelle du prochain mariage d'Albert avec elle-même, Philomène. Les deux lettres avaient dû se croiser et s'étaient croisées. L'esprit infernal avec lequel les lettres furent écrites, surprit tellement le vicaire-général qu'il les relut. À la dernière, Francesca, blessée au cœur par une fille qui voulait tuer l'amour chez sa rivale, avait répondu par ces simples mots : « Vous êtes libre, adieu. »

– Les crimes purement moraux et qui ne laissent aucune prise à la justice humaine, sont les plus infâmes, les plus odieux, dit sévèrement l'abbé de Grancey. Dieu les punit souvent ici-bas : là gît la raison des épouvantables malheurs qui nous paraissent inexplicables. De tous les crimes secrets ensevelis dans les mystères de la vie privée, un des plus déshonorants est celui de briser le cachet d'une lettre ou de la lire subrepticement. Toute personne, quelle qu'elle soit, poussée par quelque raison que ce soit, qui se permet cet acte, a fait une tache ineffaçable à sa probité. Sentez-vous tout ce qu'il y a de touchant, de divin dans l'histoire de ce jeune page, faussement accusé, qui porte une lettre où se trouve l'ordre de le tuer, qui se met en route sans une mauvaise pensée, que la Providence prend alors sous sa protection et qu'elle sauve, miraculeusement, disons-nous !... Savez-vous en quoi consiste le miracle ? les vertus ont une auréole aussi puissante que celle de l'Enfance innocente. Je vous dis ces choses sans vouloir vous admonester, dit le vieux prêtre à Philomène avec une profonde tristesse. Hélas ! je ne suis pas ici le grand-pénitencier, vous n'êtes pas agenouillée aux pieds de Dieu, je suis un ami terrifié par l'appréhension de vos châtiments. Qu'est-il devenu, ce pauvre Albert ? ne s'est-il pas donné la mort ? Il cachait une violence inouïe sous son calme affecté. Je comprends que le vieux prince Soderini, père de madame la duchesse d'Argaiolo, est venu redemander les lettres et les portraits de sa fille. Voilà le coup de foudre tombé sur la tête d'Albert qui aura sans doute essayé d'aller se justifier... Mais comment, en quatorze mois, n'a-t-il pas donné de ses nouvelles ?

– Oh ! si je l'épouse, il sera si heureux...

– Heureux ?... il ne vous aime pas. Vous n'aurez d'ailleurs pas une si grande fortune à lui apporter. Votre mère a la plus profonde aversion pour vous, vous lui avez fait une sauvage réponse qui l'a blessée et qui vous ruinera.

– Quoi ! dit Philomène.

– Quand elle vous a dit hier que l'obéissance était le seul moyen de réparer vos fautes, et qu'elle vous a rappelé la nécessité de vous marier en vous parlant d'Amédée. – Si vous l'aimez tant, épousez-le, ma mère ! Lui avez-vous, oui ou non, jeté cette phrase à la tête ?

– Oui, dit Philomène.

– Eh ! bien, je la connais, reprit monsieur de Grancey, dans quelques mois elle sera comtesse de Soulas ! Elle aura, certes, des enfants, elle donnera quarante mille francs de rentes à monsieur de Soulas ; en outre, elle lui fera des avantages, et réduira votre part dans ses biens-fonds autant qu'elle pourra. Vous serez pauvre pendant toute sa vie, et elle n'a que trente-huit ans ! Vous aurez pour tout bien la terre des Rouxey et le peu de droits que vous laissera la liquidation de la succession de votre père, si toutefois votre mère consent à se départir de ses droits sur les Rouxey ! Sous le rapport des intérêts matériels, vous avez déjà bien mal arrangé votre vie ; sous le rapport des sentiments, je la crois bouleversée… Au lieu d'être venue à votre mère…

Philomène fit un sauvage mouvement de tête.

– À votre mère, reprit le vicaire-général, et à la Religion qui vous auraient, au premier mouvement de votre cœur, éclairée, conseillée, guidée ; vous avez voulu vous conduire seule, ignorant la vie et n'écoutant que la passion !

Ces paroles si sages épouvantèrent Philomène.

– Et que dois-je faire ? dit-elle après une pause.

– Pour réparer vos fautes, il faudrait en connaître l'étendue, demanda l'abbé.

– Eh ! bien, je vais écrire au seul homme qui puisse avoir des renseignements sur le sort d'Albert, à monsieur Léopold Hannequin, notaire à Paris, son ami d'enfance.

– N'écrivez plus que pour rendre hommage à la vérité, répondit le vicaire-général. Confiez-moi les véritables lettres et les fausses, faites-moi vos aveux bien en détail, comme au directeur de votre conscience, en me demandant les moyens d'expier vos fautes et vous en rapportant à moi. Je verrai… Car, avant tout, rendez à ce malheureux son innocence devant l'être dont il a fait son dieu sur cette terre. Même après avoir perdu le bonheur, Albert doit tenir à sa justification.

Philomène promit à l'abbé de Grancey de lui obéir en espérant que ses démarches auraient peut-être pour résultat de lui ramener Albert.

Peu de temps après la confidence de Philomène, un clerc de monsieur Léopold Hannequin vint à Besançon muni d'une procuration générale d'Albert, et se présenta tout d'abord chez monsieur Girardet pour le prier de vendre la maison appartenant à monsieur Savaron. L'avoué se chargea de cette affaire par amitié pour l'avocat. Ce clerc vendit le mobilier, et avec le produit put payer ce que devait Albert à Girardet qui lors de l'inexplicable départ lui avait remis cinq mille francs, en se chargeant d'ailleurs de ses recouvrements. Quand Girardet demanda ce qu'était devenu ce noble et beau lutteur auquel il s'était intéressé, le clerc répondit que son patron seul le savait, et que le notaire avait paru très-affligé des choses contenues dans la dernière lettre écrite par monsieur Albert de Savarus.

En apprenant cette nouvelle, le vicaire-général écrivit à Léopold. Voici la réponse du digne notaire.

« À MONSIEUR L'ABBE DE GRANCEY,

« vicaire-général du diocèse de Besançon.
Paris.
« Hélas ! monsieur, il n'est au pouvoir de personne de rendre Albert à la vie du monde : il y a renoncé. Il est novice à la Grande-Chartreuse, près Grenoble. Vous savez encore mieux que moi, qui viens de l'apprendre,

que tout meurt sur le seuil de ce cloître. En prévoyant ma visite, Albert a mis le Général des Chartreux entre tous mes efforts et lui. Je connais assez ce noble cœur pour savoir qu'il est victime d'une trame odieuse et pour nous invisible ; mais tout est consommé. Madame la duchesse d'Argaiolo, maintenant duchesse de Rhétoré, me semble avoir poussé la cruauté bien loin. À Belgirate, où elle n'était plus quand Albert y courut, elle avait laissé des ordres pour lui faire croire qu'elle habitait Londres. De Londres, Albert alla chercher sa maîtresse à Naples et de Naples à Rome, où elle s'engageait avec le duc de Rhétoré. Quand Albert put rencontrer madame d'Argaiolo, ce fut à Florence, au moment où elle célébrait son mariage. Notre pauvre ami s'est évanoui dans l'église, et n'a jamais pu, même en se trouvant en danger de mort, obtenir une explication de cette femme, qui devait avoir je ne sais quoi dans le cœur. Albert a voyagé pendant sept mois à la recherche d'une sauvage créature qui se faisait un jeu de lui échapper : il ne savait où ni comment la saisir. J'ai vu notre pauvre ami à son passage à Paris ; et si vous l'aviez vu comme moi, vous vous seriez aperçu qu'il ne lui fallait pas dire un mot au sujet de la duchesse, à moins de vouloir provoquer une crise où sa raison eût couru des risques. S'il avait connu son crime, il aurait pu trouver des moyens de justification ; mais, faussement accusé de s'être marié ! que faire ! Albert est mort, et bien mort pour le monde. Il a voulu le repos, espérons que le profond silence et la prière dans lesquels il s'est jeté, feront son bonheur sous une autre forme. Si vous l'avez connu, monsieur, vous devez bien le plaindre et plaindre aussi ses amis ! Agréez, etc. »

Aussitôt cette lettre reçue, le bon vicaire-général écrivit au Général des Chartreux, et voici quelle fut la réponse d'Albert Savarus.

LE FRÈRE ALBERT À MONSIEUR L'ABBÉ DE GRANCEY,

vicaire-général du diocèse de Besançon.
De la Grande-Chartreuse.
« J'ai reconnu, cher et bien-aimé vicaire-général, votre âme tendre et

votre cœur encore jeune dans tout ce que vient de me communiquer le Révérend Père Général de notre Ordre. Vous avez deviné le seul vœu qui restât dans le dernier repli de mon cœur relativement aux choses du monde : faire rendre justice à mes sentiments par celle qui m'a si maltraité ! Mais, en me laissant la liberté d'user de votre offre, le Général a voulu savoir si ma vocation était sûre : il a eu l'insigne bonté de me dire sa pensée en me voyant décidé à demeurer dans un absolu silence à cet égard. Si j'avais cédé à la tentation de réhabiliter l'homme du monde, le religieux était rejeté de ce Monastère. La grâce a certainement agi : car pour avoir été court, le combat n'en a pas été moins vif ni moins cruel. N'est-ce pas vous dire assez que je ne saurais rentrer dans le monde ? Aussi le pardon que vous me demandez pour l'auteur de tant de maux est-il bien entier et sans une pensée de dépit : je prierai Dieu qu'il veuille lui pardonner comme je lui pardonne, de même que je le prierai d'accorder une vie heureuse à madame de Rhétoré. Eh ! que ce soit la Mort ou la main opiniâtre d'une jeune fille acharnée à se faire aimer, que ce soit un de ces coups attribués au hasard, ne faut-il pas toujours obéir à Dieu ? Le malheur fait dans certaines âmes un vaste désert où retentit la voix de Dieu. J'ai trop tard connu les rapports entre cette vie et celle qui nous attend, car tout est usé chez moi. Je n'aurais pu servir dans les rangs de l'Église militante, je me jette pour le reste d'une vie presque éteinte au pied du sanctuaire. Voici la dernière fois que j'écris. Il a fallu que ce fût vous, qui m'aimiez et que j'aimais tant, pour me faire rompre la loi d'oubli que je me suis imposée en entrant dans la métropole de Saint-Bruno. Vous serez aussi-particulièrement dans les prières de

« Frère ALBERT. »
Novembre 1836.

– Peut-être tout est-il pour le mieux, se dit l'abbé de Grancey.

Quand il eut communiqué cette lettre à Philomène, qui baisa par un mouvement pieux le passage qui contenait sa grâce, il lui dit : – Eh ! bien, maintenant qu'il est perdu pour vous, ne voulez-vous pas vous réconcilier avec votre mère en épousant le comte de Soulas ?

– Il faudrait qu'Albert me l'ordonnât, dit-elle.

– Vous voyez qu'il est impossible de le consulter. Le Général ne le permettrait pas.

– Si j'allais le voir ?

– On ne voit point les Chartreux. Et d'ailleurs aucune femme, excepté la reine de France, ne peut entrer à la Chartreuse, dit l'abbé. Ainsi rien ne vous dispense plus d'épouser le jeune monsieur de Soulas.

– Je ne veux pas faire le malheur de ma mère, répondit Philomène.

– Satan ! s'écria le vicaire-général.

Vers la fin de cet hiver, l'excellent abbé de Grancey mourut. Il n'y eut plus entre madame de Watteville et sa fille cet ami qui s'interposait entre ces deux caractères de fer. L'événement prévu par le vicaire-général eut lieu. Au mois d'août 1837, madame de Watteville épousa monsieur de Soulas à Paris, où elle alla par le conseil de Philomène, qui se montra charmante et bonne pour sa mère. Du moins, madame de Watteville crut à l'amitié de sa fille ; mais Philomène voulait tout bonnement voir Paris pour se donner le plaisir d'une atroce vengeance : elle ne pensait qu'à venger Savarus en martyrisant sa rivale.

On avait émancipé mademoiselle de Watteville, qui d'ailleurs atteignait bientôt à l'âge de vingt-un ans. Sa mère, pour terminer ses comptes avec elle, lui avait abandonné ses droits sur les Rouxey, et la fille avait donné décharge à sa mère à raison de la succession du baron de Watteville. Philomène avait encouragé sa mère à épouser le comte de Soulas et à l'avantager.

– Ayons chacune notre liberté, lui dit-elle.

Madame de Soulas, inquiète des intentions de sa fille, fut surprise de cette noblesse de procédés, elle fit présent à Philomène de six mille francs de rente sur le grand-livre par acquit de conscience. Comme madame la comtesse de Soulas avait quarante-huit mille francs de revenus en terres, et qu'elle était incapable de les aliéner dans le but de diminuer la part de Philomène, mademoiselle de Watteville était encore un parti de dix-huit cent mille francs : les Rouxey pouvaient produire, avec quelques améliorations, vingt mille francs de rente, outre les avantages de l'habitation, ses redevances et ses réserves. Aussi Philomène et sa mère, qui prirent bientôt le ton et les modes de Paris, furent-elles facilement introduites dans le grand monde. La clef d'or, ces mots : dix-huit cent mille francs !... brodés sur le corsage de Philomène, servirent beaucoup plus la comtesse de Soulas que ses prétentions à la de Rupt, ses fiertés mal placées, et même que ses parentés tirées d'un peu loin.

Vers le mois de février 1838, Philomène, à qui bien des jeunes gens faisaient une cour assidue, réalisa le projet qui l'amenait à Paris. Elle voulait rencontrer la duchesse de Rhétoré, voir cette merveilleuse femme et la plonger dans d'éternels remords. Aussi Philomène était-elle d'une recherche et d'une coquetterie étourdissantes afin de se trouver avec la duchesse sur un pied d'égalité. La première rencontre eut lieu dans le bal annuellement donné pour les pensionnaires de l'ancienne Liste civile, depuis 1830.

Un jeune homme, poussé par Philomène, dit à la duchesse en la lui montrant : – Voilà l'une des jeunes personnes les plus remarquables, une forte tête ! Elle a fait jeter dans un cloître, à la Grande Chartreuse, un homme d'une grande portée, Albert de Savarus dont l'existence a été brisée par elle. C'est mademoiselle de Watteville, la fameuse héritière de Besançon…

La duchesse pâlit, Philomène échangea vivement avec elle un de ces regards qui, de femme à femme, sont plus mortels que les coups de pistolet d'un duel. Francesca Soderini, qui soupçonna l'innocence d'Albert, sortit aussitôt du bal, en quittant brusquement son interlocuteur incapable de deviner la terrible blessure qu'il venait de faire à la belle duchesse de Rhétoré.

« Si vous voulez en savoir davantage sur Albert, venez au bal de l'Opéra mardi prochain, en tenant à la main un souci. »

Ce billet anonyme, envoyé par Philomène à la duchesse, amena la malheureuse Italienne au bal où Philomène lui remit en main toutes les lettres d'Albert, celle écrite par le vicaire-général à Léopold Hannequin ainsi que la réponse du notaire, et même celle où elle avait fait ses aveux à monsieur de Grancey.

– Je ne veux pas être seule à souffrir, car nous avons été tout aussi cruelles l'une que l'autre ! dit-elle à sa rivale.

Après avoir savouré la stupéfaction qui se peignit sur le beau visage de la duchesse, Philomène se sauva, ne reparut plus dans le monde, et revint avec sa mère à Besançon.

Mademoiselle de Watteville, qui vécut seule dans sa terre des Rouxey, montant à cheval, chassant, refusant ses deux ou trois partis par an, venant quatre ou cinq fois par hiver à Besançon, occupée à faire valoir sa terre, passa pour une personne extrêmement originale. Elle est une des célébrités de l'Est.

Madame de Soulas a deux enfants, un garçon et une fille, elle a rajeuni ; mais le jeune monsieur de Soulas a considérablement vieilli.

– Ma fortune me coûte cher, disait-il au jeune Chavoncourt. Pour bien connaître une dévote, il faut malheureusement l'épouser !

Mademoiselle de Watteville se conduit en fille vraiment extraordinaire. On disait d'elle : – Elle a des lubies ! Elle va tous les ans voir les murailles de la Grande-Chartreuse. Peut-être voulait-elle imiter son grand-oncle en franchissant l'enceinte de ce couvent pour y chercher son mari, comme Watteville franchit les murs de son monastère pour recouvrer la liberté.

En 1841, elle quitta Besançon dans l'intention, disait-on, de se marier ; mais, on ne sait pas encore la véritable cause de ce voyage d'où elle est revenue dans un état qui lui interdit de jamais reparaître dans le monde. Par un de ces hasards auxquels le vieil abbé de Grancey avait fait allusion, elle se trouva sur la Loire dans le bateau à vapeur dont la chaudière fit explosion. Mademoiselle de Watteville fut si cruellement maltraitée qu'elle a perdu le bras et la jambe gauche ; son visage porte d'affreuses cicatrices qui la privent de sa beauté ; sa santé soumise à des troubles horribles lui laisse peu de jours sans souffrance. Enfin, elle ne sort plus aujourd'hui de la Chartreuse des Rouxey où elle mène une vie entièrement vouée à des pratiques religieuses.

Honoré de Balzac
Albert Savarus

Albert Savarus, roman incontournable de Balzac, a été publié pour la première fois en France en 1855.

Vous souhaitez lire autrement et profiter d'une expérience de lecture originale ?

Grâce à notre charte éditoriale, nous vous offrons l'opportunité de découvrir ce roman dans une édition aérée et dans un grand format, facilitant ainsi votre lecture pour vous permettre de profiter d'une expérience de lecture unique.

19,9 €

ISBN 978-2-38512-108-2

hesiode-editions.com